radiance

tome 1: ici et maintenant

Radiance

tome 1 : ici et maintenant

alyson noël

Traduit de l'anglais (États-Unis)
par Maud Desurvire

Michel Lafon

À paraître :
Radiance, tome 2 : éclat

Titre original : *Radiance*
Première publication par St. Martin's Griffin

7-13, boulevard Paul-Émile-Victor – Île de la Jatte
92521 Neuilly-sur-Seine Cedex
www.michel-lafon.com

« Je suis peut-être morte,
mais il me reste la beauté. »

Buffy contre les vampires

un

La plupart des gens pensent que la mort signifie la fin.

La fin de la vie, de ses bons moments… bref, de presque tout.

Mais ces personnes se trompent.

Complètement.

J'en sais quelque chose. Je suis morte il y a presque un an.

deux

Le plus bizarre, c'est que rien n'a vraiment changé depuis.

Pourtant, il y a de quoi imaginer l'inverse, non ? Parce que, bon, regardons les choses en face : mourir, c'est plutôt un sacré événement. On en écrit des chansons, des livres, et même des scénarios. Sans rire, c'est même le thème principal des dessins animés du samedi matin ! Mais en fait, ça n'a rien à voir avec ce qu'on nous montre à la télé.

Rien du tout.

Prenez mon cas, par exemple. Je suis morte, et pourtant je suis toujours là, donc c'est bien la preuve vivante (façon de parler) qu'il n'y a pas grande différence avec avant. Du moins, pas au début. Et pas dans le sens négatif où vous l'entendez sûrement.

En vérité, dès l'instant où je suis morte, je me suis sentie plus vivante que jamais. Je pouvais sauter plus haut, courir plus vite, et même traverser les murs si je voulais. D'ailleurs, c'est un peu ce qui m'a mis la puce à l'oreille.

Traverser les murs.

Évidemment, ce n'est pas comme si j'avais ce genre de talents par nature, donc j'ai compris qu'il se passait quelque chose.

Un truc grave.

Mais jusque-là, j'avais juste l'impression qu'on avait fait un détour hyper sympa. Que mon père avait décidé de bifurquer sans prévenir à la dernière minute.

On roulait tranquillement sur une nationale en courbe. Je fredonnais en écoutant mon iPod avec la tête de mon chien Caramel posée sur mes genoux, et en faisant tout mon possible pour ignorer ma grande sœur autoritaire Ever, dont la vie se résumait, en gros, à me persécuter. Et la seconde d'après, on s'est retrouvés tout à fait ailleurs.

Plus de route, plus d'Oregon ; pour une raison ou pour une autre, on avait atterri au beau milieu d'une immense prairie lumineuse, où les arbres se balançaient et où les fleurs ondulaient. Puis, quand j'ai vu mes parents voler d'un côté et ma sœur de l'autre, je suis restée figée avec un tournis hallucinant, sans trop savoir qui suivre.

Une part de moi me poussait à franchir le pont : « Suis papa, maman et Caramel. Eux savent ce qui est mieux ! »

L'autre me retenait : « Fais pas ta nunuche. Si jamais Ever voit un truc génial et que tu passes à côté, tu vas le regretter toute ta vie ! »

Le temps que je me décide enfin à rejoindre ma sœur, j'avais tellement hésité qu'elle était déjà partie.

Elle avait… disparu.

À travers cette brume aveuglante.

Retour direct sur Terre.

C'est là que je me suis retrouvée coincée entre deux mondes.

Puis j'ai fini par trouver mon chemin jusqu'« Ici ».

C'est comme ça qu'ils appellent cet endroit.

Et si quelqu'un est assez bête pour demander l'heure, on lui répond : « Maintenant. »

Sans doute parce que le temps n'existe pas Ici. Ça signifie… eh bien, que tous les événements se produisent à un instant T, qui en fin de compte correspond toujours à *maintenant*.

Donc, on peut dire que je vis Ici et Maintenant.

Bizarrement, ce n'est pas très différent de là où j'habitais avant, à Eugene, dans l'Oregon.

Excepté l'absence de repères temporels, et bien sûr, cette histoire de traversée des murs et le reste.

À part ça et le fait que je peux faire apparaître ce que je veux, par un simple effort d'imagination, que ce soit une maison, une voiture ou des vêtements, même un animal ou une plage, tout est à peu près pareil.

Mes parents sont Ici. Mes grands-parents aussi. Même mon adorable golden retriever Caramel a pu venir. Ce qu'il y a de drôle, c'est que bien qu'on ait la possibilité de vivre où on veut, dans n'importe quelle maison de nos rêves, mon nouveau quartier est une copie quasi conforme de l'ancien.

Tout est identique, des habits pendus dans mon placard à mes tiroirs bourrés de chaussettes, en passant par les affiches collées aux murs de ma chambre. La seule différence, le détail qui m'embête, c'est que les autres maisons aux alentours sont vides. Principalement parce que tous mes anciens voisins et amis sont en vie, en bonne santé et sur Terre (enfin, pour l'instant en tout cas !). Mais hormis ce point, c'est exactement comme dans mon souvenir.

Comme je l'espérais.

J'aimerais juste avoir des amis avec qui en profiter.

trois

Quand je me suis réveillée ce matin – tiens, à propos, vous devez penser que je n'ai pas besoin de dormir, pas vrai ? Eh bien, c'est ce que je croyais aussi au début. Mais comme me l'ont expliqué mes parents, dans un sens, on est plus actifs que jamais, constitués d'énergie à l'état pur. Après une longue journée passée à créer et à faire apparaître différentes choses, et bref, quelle que soit la façon dont les gens d'Ici décident de s'occuper, cette énergie a besoin d'une petite pause, de piquer un roupillon pour reprendre des forces et se régénérer, ce qui, une fois de plus, n'est pas très différent de la vie sur Terre.

Bon, en tout cas, quand je me suis réveillée ce matin avec Caramel qui remuait la queue et me léchait le visage, même si c'est une façon plutôt sympa de se réveiller, ça ne m'a pas empêchée de le repousser, de rabattre la couverture sur ma tête et de rouler sur le côté pour lui tourner le dos. J'ai plissé les yeux le plus fort possible pour essayer de me rendormir et de finir mon rêve, tandis que Caramel continuait de gémir doucement en me donnant des coups de patte.

Et pile quand je m'apprêtais à le repousser une nouvelle fois, je me suis souvenue :

Caramel était excité pour moi.

Tout le monde l'était.

Depuis mon arrivée Ici, entre m'adapter à ma nouvelle vie, redécouvrir ma famille et, en somme, essayer de comprendre le fonctionnement de cet endroit, j'avais presque trouvé de quoi passer le temps. Maintenant que j'étais posée, le moment était venu pour moi d'intégrer ma nouvelle école (eh oui, Ici aussi ça existe, et on ne fait pas que se prélasser sur un nuage en jouant de la harpe, vous savez), et comme tout le monde avait l'air emballé par cette idée, je me suis mise à faire semblant de l'être aussi.

Assez, en tout cas, pour avoir envie de me lever ce matin, de me préparer et de prendre le temps de faire apparaître une tenue sympa à enfiler, puis de partir pour un lieu où d'après mes parents, « je me ferais de nouveaux amis, j'apprendrais de nouvelles choses, et très vite, je me retrouverais pile là où je m'étais arrêtée ».

J'avais beau avoir de sérieux doutes, être prête à parier tout ce qu'ils voulaient que c'était impossible et qu'au final ils auraient tort, je me suis contentée d'acquiescer en souriant. J'ai préféré leur faire croire que j'attendais ce jour avec impatience *a priori* autant qu'eux.

J'ai préféré ne pas leur montrer que mon ancienne vie me manquait terriblement, à tel point que j'avais comme une boule au ventre en permanence. Et que j'étais quasi sûre et certaine que même s'ils prétendaient le contraire, cette école n'arriverait jamais à la cheville de l'ancienne.

Donc, après avoir pris un bon petit déj avec ma mère et mon père (non, on n'a plus vraiment besoin de se nourrir, mais si vous aviez le choix, vous renonceriez, vous, au plaisir d'un bol de céréales chocolatées ?), je me suis mise en route. D'abord, en uniforme typique d'élève du privé, avec chemisier blanc, jupe écossaise, blazer bleu, chaussettes blanches et chaussures tendance, vu que j'ai toujours rêvé d'aller dans un établissement exigeant ce type de tenue. Puis j'ai finalement changé d'avis à mi-chemin et opté pour un jean slim, des ballerines et un gilet bleu en laine tout doux, sur un débardeur blanc avec le logo de mon groupe préféré.

Sérieusement, faire apparaître des choses, c'est aussi simple que ça – du moins Ici. Il suffit de penser à ce qu'on veut, de se le représenter très clairement, et voilà, le tour est joué !

Enfin, quoi qu'il en soit, je n'ai pas cessé d'intervertir et d'hésiter entre les deux looks. Je faisais deux pas en tenue de petite fille modèle, et les deux suivants dans la peau d'une adolescente de douze ans super à la mode. Je me disais que je m'en tiendrais à ce que j'aurais sur le dos en arrivant sur place, sachant que je pourrais toujours me changer à la dernière minute si ça se révélait inapproprié.

Et puis, en cours de route, je l'ai vue.

La Salle de projection.

L'endroit où mes parents m'avaient déconseillé d'aller.

Sous prétexte que ça ne servirait rien. À part à me faire encore ressasser le passé, pile au moment où je devais consacrer toute mon énergie à tourner la page, à m'adapter et à admettre le fait que désormais j'habitais officiellement Ici et Maintenant, que ça me plaise ou non. Pour eux, il était grand temps que j'oublie mon ancienne vie et que je m'efforce d'accepter ma mort.

« Tu as fait ton temps sur Terre », a dit un jour mon père, en me lançant son habituel regard compatissant mais inquiet.

Ma mère, elle, s'était contentée de nous fixer, yeux mi-clos et bras croisés, pas dupe une seconde quand je prétendais être simplement curieuse.

« Ta sœur aussi a des choses à apprendre, un destin à accomplir, et ce n'est pas à toi d'interférer », avait-elle ajouté, refusant de changer d'avis ni même d'essayer de me comprendre.

Mais même si leurs intentions étaient bonnes, ils étaient loin de connaître ma sœur aussi bien que moi. Ils ne se rendaient pas compte qu'elle avait besoin de moi d'une façon qu'ils ne pourraient jamais comprendre. En plus, puisque le temps ne comptait pas Ici, aucun risque que je sois en retard en cours, pas vrai ? Alors franchement, qu'est-ce qui pourrait arriver de grave ?

Fermement décidée, j'ai donc fait un petit détour et me suis faufilée dans la fameuse Salle, arrachant un ticket au distributeur fixé au mur, avant de me mettre dans la longue file d'attente. Entourée de tout un tas de têtes grisonnantes qui n'arrêtaient pas d'encenser les petits-enfants qu'ils avaient hâte de voir, j'ai attendu que mon numéro apparaisse enfin sur l'écran d'affichage au-dessus de nous. Puis j'ai foncé vers la cabine fraîchement libérée, j'ai refermé le rideau, pris place sur le tabouret rigide en métal et tapé le nom de la destination souhaitée, en scrutant attentivement l'écran jusqu'à ce que je la voie.

Ever.

Ma sœur.

Une ado blonde aux yeux bleus qui me ressemblait beaucoup, à part le nez. Elle a eu la chance d'hériter du nez parfaitement droit de notre mère, alors que moi j'ai eu celui de mon père, disons… plus court.

« Un nez avec du caractère, aimait-il dire. Il n'y en a pas deux comme le tien ! Ce petit nez est unique ! » À chaque fois, il me poursuivait en faisant cette torsion des narines qui me faisait toujours rire.

J'ai eu beau regarder un bon bout de temps, je ne peux pas dire que j'aie vu grand-chose. Du moins rien d'important, en tout cas. Rien que l'on puisse qualifier de palpitant (façon de parler puisque, pour info, mon cœur ne bat plus vraiment). En gros, j'ai juste vu une fille traverser les images en faisant tout son possible pour donner l'impression à son entourage d'être une personne tout à fait normale avec une existence normale, alors qu'en vérité, c'était tout sauf le cas.

Pour autant, impossible de détacher mes yeux de l'écran. Ni d'échapper à cette bonne vieille sensation qui m'accablait de nouveau.

Celle où j'avais le cœur tellement gonflé qu'on aurait dit qu'il allait éclater et me laisser un trou béant dans la poitrine.

Où une boule brûlante commençait à me nouer la gorge, mes yeux à piquer, et où j'éprouvais une telle nostalgie, une envie si irrésistible que j'étais prête à tout pour repartir. Pour retourner sur Terre.

Là où était ma vraie place.

Car pour être franche, j'ai eu beau essayer de faire bonne contenance, de faire croire à tout le monde que je m'adaptais très bien et que j'apprenais à aimer ma nouvelle vie Ici, c'était faux.

Je ne m'adaptais pas.

Mais alors pas du tout.

Et ce que j'apprenais à aimer se résumait à peu de chose.

En fait, si l'occasion s'était présentée, j'aurais fait n'importe quoi pour retrouver le pont et le franchir à toutes jambes dans l'autre sens, sans me retourner.

J'aurais tout donné pour rentrer chez moi, dans ma vraie maison, et pour vivre à nouveau avec ma sœur.

D'ailleurs, ça ne demandait pas des heures de visionnage pour comprendre qu'Ever éprouvait à peu près la même chose. Non seulement je lui manquais, mais il était tout à fait clair qu'elle avait besoin de moi autant que moi d'elle.

Il ne m'en a pas fallu plus pour me conforter dans ma décision.

Pour ne pas culpabiliser de m'être opposée à la volonté de mes parents et introduite dans la Salle de projection.

En vérité, je me sentais dans mon droit.

Parfois, il faut juste agir seul.

Faire ce que l'on sait, en son for intérieur, être juste.

quatre

Après être restée, je dirais, un bon moment, j'ai cédé ma place à un type d'âge moyen qui portait une de ces moustaches farfelues que l'on voit plus souvent dans les dessins animés que dans la vraie vie, puis j'ai quitté la Salle et suis arrivée à l'école en jupe écossaise, chemisier blanc et blazer bleu ; j'avais décidé de faire avec, excluant ainsi toute possibilité d'humiliation désastreuse due à mon sens de la mode.

J'ai été contente de voir que je n'étais pas la seule en uniforme ; plein d'autres jeunes en portaient un. Cela dit, il y avait aussi des élèves en saris, en kimonos, et toutes sortes de tenues internationales vraiment cool, représentant presque toutes les ethnies. C'est là que j'ai percuté, mesuré l'ampleur de ce qui se passait réellement Ici.

J'étais comme une élève en échange à l'étranger, une expérience dont j'avais toujours rêvé !

Quand le tintement paisible des carillons éoliens s'est fait entendre, tout le monde est parti dans la même direction, et vu que je ne savais pas du tout quoi faire ni où j'étais censée me rendre, j'ai suivi.

Mêlée au flot d'élèves, j'ai remonté un sentier admirablement entretenu, bordé de toutes sortes de fleurs, de plantes et d'arbres exotiques, puis un petit pont qui chevauchait le plus grand et le plus incroyable bassin de carpes japonaises que j'aie jamais vu, et qui débouchait sur un édifice semblable au Parthénon en Grèce, dont j'avais admiré les photos – sauf que celui-là n'était pas tout vieux et en ruine, avec des colonnes en moins et le reste. Ce modèle-là était fait d'un marbre si luisant, si blanc et immaculé, qu'il semblait avoir été construit le jour même.

On a monté des marches et on s'est installés tout en haut, sur un long banc en marbre. Je me suis fait une petite place entre une fille en tenue de pom-pom girl bleu roi et jaune vif, et un garçon en tunique longue beige, pantalon de coton assorti et vieilles sandales en cuir. J'allais me tourner vers lui, impatiente d'engager la conversation, de lui demander d'où il venait et depuis combien de temps il était mort, quand un petit vieux aux longs cheveux dorés et scintillants (non, non, je n'exagère pas, ça scintillait vraiment) est arrivé sans un bruit, vêtu d'une cape chatoyante si longue qu'elle formait une flaque à ses pieds et comme une traîne de mariée derrière lui.

Tout le monde s'est levé.

Tous sauf moi, plus exactement.

C'est que de le voir devant nous comme ça, ça m'a un peu prise de court.

Pour ne pas dire sidérée.

Après tout, même en supposant que j'étais Ici depuis l'équivalent d'une semaine (je gardais la notion du temps en comptant le nombre de fois où j'allais dormir, à savoir une par jour), je n'avais encore jamais vu le Grand Patron, alias Lui, tel qu'on l'appelle par ici.

Et en fait, ce n'était pas pour tout de suite. Pom-pom girl m'a tirée par la manche jusqu'à ce qu'on se retrouve debout, épaule contre épaule, et qu'elle me siffle par télépathie : *Qu'est-ce que tu fabriques, ma vieille ? Mieux vaut te lever si tu veux que Persée te compte !*

– Persée ?

Je l'ai dévisagée sans me rendre compte que je venais de parler tout haut, jusqu'à ce que l'abruti aux cheveux gras et aux lunettes de ringard assis juste devant moi se retourne.

Chuuut ! il m'a lancé par la pensée.

Pinçant les lèvres, j'ai regardé droit devant moi avec l'impression que le dénommé Persée lorgnait justement dans ma direction, et c'est après avoir jeté un coup d'œil autour de moi que j'ai compris que ce n'était pas qu'une impression. Mais je n'étais pas la seule visée ; il regardait pour ainsi dire chaque élève, faisant apparemment l'appel de tête, ce qui expliquait sans doute pourquoi tout le monde se tenait à carreau.

Jusqu'à ce jour, je n'avais jamais vu un aussi grand nombre d'élèves disciplinés, surtout lors d'une assemblée de ce type. Je n'ai pas pu m'empêcher de croiser les doigts pour que ce ne soit pas toujours le cas. Pour qu'on ne se transforme pas tout de suite en anges et en saints, en vertu du fait qu'on vivait Ici. Et pour que, quelque part dans la masse, il y ait au moins un ami potentiel qui comprendrait l'intérêt fondamental de l'insouciance.

Sinon, bonjour l'ennui, non ?

J'étais tellement perdue dans mes pensées que je n'ai pas entendu la musique démarrer, jusqu'à ce que Pom-pom girl me tapote sur le bras et pointe du doigt vers l'avant de la scène où se trouvait maintenant Persée. Guitare électrique en bandoulière, il nous a entraînés dans un chœur enthousiaste de *You Can't Always Get What You Want* des Rolling Stones, prolongeant la chanson beaucoup plus longtemps que nécessaire, bien plus que la version originale, de mémoire, et ajoutant même quelques riffs de guitare que je suis certaine de n'avoir jamais entendus sur les vieux CD de mon père. Quand, par bonheur, ça a été enfin terminé, il a accepté son ovation avec plaisir et s'est débarrassé aussi sec de son habit de feu, sous lequel il s'est révélé n'être qu'un vieux hippie de plus en jean délavé, tee-shirt collector d'un concert des Stones, et pieds nus.

Je te raconte pas la dernière fois, quand il nous a fait chanter Get Off of My Cloud, m'a soufflé

Pom-pom girl en silence. Appuyant sur mon épaule pour me signaler qu'il était temps de se rasseoir, elle s'est penchée vers moi en chuchotant :

– Ça a duré des plombes. Je te jure. En fait il attend son heure jusqu'à ce que Mick et Keith se pointent, et après, on ne le reverra jamais.

Quand elle s'est écartée, elle a souri d'un air si enjoué que tout son corps s'est mis à rayonner d'un éclat nuancé de vert, absolument sublime.

– Comment tu as fait ça ? j'ai demandé, ébahie.

Ignorant le message télépathique que Persée nous envoyait à présent, je me suis plutôt attardée sur ses longues rangées de nattes avec leurs belles perles multicolores sur les pointes, ses grands yeux marron, ses lèvres roses charnues et sa peau foncée. Face à son air interrogatif, à la façon dont elle a penché la tête, j'ai précisé ma pensée : *Tu sais, ce rayonnement ? Comment tu as fait ?*

Elle m'a regardée, plissant les yeux et prenant son temps pour m'observer, en commençant par mes chaussures, puis en remontant lentement jusqu'à ma frange, que j'avais peignée sur le côté dans un style que j'avais récemment décidé d'expérimenter. Elle s'apprêtait visiblement à me répondre, quand le type à ma gauche m'a donné un petit coup de coude.

– Excuse-moi… je peux ?

Rentrant les pieds, je l'ai regardé passer avec grâce devant moi, puis descendre les marches et monter sur scène pour rejoindre Persée. Il a lancé un sourire radieux à la foule, comme s'il venait d'accomplir quelque chose de particulièrement important, même si j'étais à des années-lumière de deviner *quoi*.

Et quand l'abruti devant est descendu à son tour, j'ai été stupéfaite de le voir accueilli par une salve d'acclamations et d'applaudissements, toutefois mêlés à quelques sifflements. L'instant d'après, Pom-pom girl se tournait vers moi et posait la main sur mon genou.

– Tu es nouvelle ici, pas vrai ? a-t-elle demandé avec un fort accent britannique.

J'ai acquiescé d'un signe de tête, bien que ce ne fût pas vraiment nécessaire, puisque à peine s'était-elle interrompue qu'elle reprenait déjà :

– Je l'devine à chaque fois ! Ne t'en fais pas. Un jour tu auras réponse à toutes tes questions. Toutes, sans exception. Mais *un jour*, seulement.

Elle m'a zieutée une dernière fois, avant d'ajouter :

– Et pas avant que tu ne sois prête.

Je n'ai pas eu le temps de réagir qu'elle était partie.

Entraînant cet éclat rayonnant dans son sillage, elle a descendu les marches et gagné la scène, le sourire aux lèvres et faisant signe à ceux parmi nous qui étaient encore en tribune. Son regard a croisé le mien et s'est arrêté un instant, le temps que ses pensées me parviennent : *Relax. La personne qu'il te faut viendra à toi et te montrera le chemin.* Puis elle s'est tournée vers le binoclard pour lui chuchoter à l'oreille.

J'ai aussitôt jeté un œil autour de moi en me demandant qui cette personne pouvait bien être. Est-ce qu'elle se trouvait sur scène ? Dans les gradins ? Ou carrément ailleurs, peut-être ? Et au fait, comment ceux qui étaient sur scène savaient-ils que c'était leur tour d'y aller ? Après tout, je n'avais perçu aucune convocation télépathique, ni entendu personne énumérer une longue liste de noms à voix haute. Bizarrement, on aurait dit que chacun savait juste où aller, quand y aller, et quoi faire le moment venu.

Tout le monde semblait savoir exactement ce qui se passait et ce que cela signifiait.

Tout le monde avait un objectif.

Sauf moi.

À mes yeux, tout ça n'était qu'une succession d'évènements sans rapport entre eux, aussi aléatoire que déroutante.

Mais en y regardant de plus près, je me suis ensuite rendu compte que ce n'était peut-être pas aussi fortuit qu'il y paraissait, car toutes les personnes sur scène avaient un point commun.

Un élément de taille dont nous autres manquions.

Elles rayonnaient.

Leurs corps luisaient d'un éclat vert profond chatoyant absolument magnifique.

Alors que notre groupe en tribune formait un spectre blafard tout en dégradé.

J'ai tendu les mains devant moi et les ai examinées pour vérifier que je ne passais pas à côté d'un truc. Mais en dépit du fait que ma manucure avait sacrément besoin d'être refaite, tout était plutôt normal. Doigts fins, petites articulations, une tache de rousseur par-ci par-là, mais aucun éclat en vue, pas même un soupçon.

Quand la scène fut quasi comble, tout le monde s'est levé pour applaudir. Comme je n'avais pas envie d'avoir l'air complètement à la masse, j'en ai fait autant. Je me suis levée d'un bond, en rajustant discrètement mon blazer et en défroissant ma jupe. Mais très vite, la cérémonie a pris fin, et je me suis retrouvée au milieu de la foule, questionnant quiconque aurait la gentillesse de me répondre :

– Alors… on va où maintenant ?

J'espérais que quelqu'un voudrait bien se dévouer pour donner un coup de pouce à une petite nouvelle, la mettre sur les rails, dans la bonne direction (quoique même une vague orientation ferait l'affaire) car je commençais à me sentir encore plus paumée qu'à mon arrivée Ici. Pour l'instant, rien de ce que j'avais vu ne me faisait penser à une école, et rien n'avait de sens.

– On va là où on a été *affectés*, et toi pareil, m'a répondu un type devant moi.

Il a jeté un coup d'œil par-dessus son épaule.

– Quelle question, a-t-il ajouté après coup.

Son ton peu affable m'a aussitôt rendue rouge pivoine et m'a cloué le bec.

Inspirant un bon coup (non, je n'avais plus besoin de respirer, mais certaines habitudes ont vraiment la peau dure), j'ai fait de mon mieux pour prendre sur moi et me contenter de suivre le mouvement. J'avais des questions plein la tête – entre autres : où allions-nous, pourquoi tout le monde était si calme et obéissant, sans oublier où étaient ces prétendus amis que mes parents avaient juré que je me ferais, ceux avec qui j'avais des points communs, qui aimaient se lâcher et s'amuser ?

Plus je regardais autour de moi, plus j'avais la conviction qu'en termes d'école, on ne pouvait pas faire plus bizarre que celle-ci.

Quant aux élèves… eux aussi étaient bizarres.

Et inutile de baratiner, tout ça me faisait sérieusement flipper.

J'ai continué de les observer, essayant à tout prix de trouver quelqu'un, n'importe qui susceptible de me parler, de me donner un indice sur l'endroit vers lequel on se dirigeait, et sur ce qui m'attendait une fois là-bas.

Mais… rien.

La plupart ne me regardaient même pas, et les autres se contentaient de me sourire poliment avant de vite détourner les yeux. J'ai fini par me sentir si seule et nostalgique que j'avais l'impression d'avoir la taille coincée dans un étau qui me compressait les entrailles.

J'ai quand même suivi, avançant un pas après l'autre et ignorant mes pires craintes, tout en essayant de rester positive et joviale (au moins, en apparence) en attendant de voir où ça me mènerait. Mais au fond j'étais anxieuse, tendue et morte de trouille. Je n'avais qu'une envie, c'était de rentrer chez moi, enfiler mon pyjama et me blottir dans mon lit avec Caramel.

Cette journée que je redoutais tant, qui d'après mes parents allait me faire découvrir un nouveau monde fascinant, m'offrir tout ce que j'adorais, comme des cours de dessin, de littérature et de langues, et peut-être même de chant, de théâtre et de danse, et aussi de stylisme et d'équitation, cette journée qui était censée me faire oublier mon ancienne vie et accepter la nouvelle avec joie, eh bien… cette journée se révélait exactement telle que je le craignais :

Atroce.

Tout le contraire de ce qu'ils avaient dit.

Il était clair que ni mon père ni ma mère n'avaient idée de ce qu'elle me réservait. Rien de ce qu'ils avaient promis n'était au programme. En tout cas, pas au mien.

De ce que j'en avais vu pour l'instant, cette école fourmillait de rituels bizarres et de gens aux auras bizarres, qui disaient des trucs encore plus bizarres auxquels je ne comprenais strictement rien.

Et l'enthousiasme forcé avec lequel j'avais plus

ou moins démarré la journée a vite été anéanti par la certitude absolue que je ne m'intégrais pas.

Que je ne m'intégrerais jamais.

Et que je n'étais décidément pas à ma place Ici.

Il existait forcément un autre endroit plus approprié pour moi.

Non seulement j'en étais persuadée, mais j'étais aussi déterminée à le trouver coûte que coûte.

cinq

Quand tout le monde a commencé à s'éclipser (d'un coup, ils sont tous partis dans un tas de directions), j'ai décidé de suivre le conseil de Pom-pom girl et d'essayer d'être *relax*. Mais c'était une feinte. Intérieurement, j'étais nerveuse, agitée, et plus qu'humiliée de me retrouver là toute seule, l'air aussi paumée et idiote.

Pitoyable, dès mon premier jour d'école.

Et je savais que tous ceux qui m'avaient vue seraient du même avis.

Je me suis affalée sur un banc en bois finement sculpté, en faisant celle qui était occupée à observer les chérubins en pierre cracheurs d'eau qui bordaient la fontaine devant moi, alors qu'en fait j'essayais surtout de déchiffrer ce que cette fille avait voulu dire en affirmant que *la personne qu'il me fallait viendrait à moi et me montrerait le chemin.*

Est-ce qu'elle faisait allusion à une sorte de guide ?

À un conseiller ou un ange gardien, par exemple ?

Si oui, est-ce que j'étais censée faire quelque chose pour leur indiquer que j'étais Ici ? Prête, enthousiaste et disposée à ce que la fête commence, avant que je ne me dégonfle une bonne fois pour toutes et que je décide de rentrer chez moi pour ne jamais revenir ?

Alors que la foule se dispersait au loin, je me suis mise à me ronger fébrilement les ongles, et en un rien de temps, ma manucure qui était déjà en dents de scie est devenue carrément pathétique. Mais j'ai continué à me les ronger jusqu'au sang, jusqu'à ce que la cour soit complètement évacuée et qu'il ne reste plus que moi et lui, l'abruti qui était assis devant moi pendant la réunion.

Celui qui m'avait fait *chut !*

Le type aux cheveux gras lissés en arrière et aux binocles noirs ringards juchés au sommet de son nez, dont le verre était si épais qu'il lui voilait les yeux, au point que j'avais même du mal à les distinguer.

Le type à l'éclat verdâtre intense, qui avait suscité une quantité effarante d'acclamations à son arrivée sur scène.

Quoique plus je l'observais, plus je commençais à penser que son petit fan club tenait davantage de l'ironie que de la sincérité ; ce dont je fus convaincue en découvrant ses chaussures débiles et son costume sombre bizarre, porté sur une chemise blanche et une cravate noire étroite, qui lui donnait l'air d'aller soit à un meeting de premiers de la classe, soit à un entretien d'embauche à la CIA.

Génial ! Premier jour au collège et on me laisse seule avec le ringard de service.

Et un ringard mort, en plus.

Mon pire cauchemar devenu réalité, ou presque.

Sauf que, dans tout ça, j'avais temporairement oublié que les pensées sont de l'énergie, et que n'importe qui, Ici, peut les entendre. Il s'est brusquement tourné vers moi.

– Un *ringard* ?

Il s'est figé net, la bouche grande ouverte et les yeux si exorbités qu'ils en étaient presque collés aux carreaux. À croire qu'on ne l'avait jamais traité de ce nom, ce dont je doutais sérieusement.

– Je rêve ou tu viens de me traiter de ringard ? a-t-il répété, ostensiblement vexé.

Dans un premier temps, je suis restée muette, grimaçant et haussant les épaules avec embarras, consciente qu'il n'y avait pas moyen de retirer ce que j'avais dit, du moins pas de façon élégante. Puis j'ai décidé d'assumer.

– Eh bien, peut-être que sans le costard et la cravate, et avec des cheveux un peu plus propres, tu n'aurais pas l'air aussi…

Je me suis interrompue, hésitant à employer une fois de plus le mot incriminé, même si c'était clairement le seul qui convenait.

– D'un ringard ? Genre, le pauvre type né à *Ploucland* ?

Il m'a dévisagée, les sourcils froncés, le sourire dur, et certainement moins éclatant qu'auparavant.

– C'est ça que tu voulais dire ?

J'ai haussé les épaules, sans trop savoir comment enchaîner, mais sans pour autant le quitter des yeux.

– Écoute, je suis nouvelle Ici et tout ça est encore un peu confus pour moi. Apparemment j'ai gardé de mauvaises habitudes de ma vie sur Terre, et je n'ai pas encore appris à protéger mes pensées, d'ailleurs je ne sais même pas si c'est possible. En attendant, je n'ai aucune idée d'où je suis censée aller, mais je dois y aller. Donc si ça ne t'ennuie pas...

J'ai commencé à partir, à passer devant lui en le bousculant un peu, mais il est réapparu juste devant moi, dans toute sa ringardise de binoclard aux cheveux gras. Les bras fermement croisés et la tête penchée, il m'a toisée sans ciller.

– Il se trouve que je sais exactement où tu dois aller. Alors, suis-moi !

J'ai levé les yeux au ciel, franchement sceptique. Pas question de partir, surtout pas avec lui. Il était trop bizarre, trop ringard, et visiblement trop vexé par le fait que je le considérais comme tel. Tenant bon, je l'ai regardé se diriger vers un immense pavillon en verre, puis monter une volée de marches raides en deux temps trois mouvements, présumant simplement que j'allais suivre. Et j'ai honte de l'avouer, mais c'est finalement ce que j'ai fait, faute d'une meilleure option.

– Hé… euh…

J'ai fixé sa nuque, ne sachant pas du tout comment l'appeler, mais quasi certaine que « le ringard de service » était désormais prohibé.

– C'est quoi, cet endroit ?

Je redoutais de me ridiculiser en arrivant en retard à mon premier cours et d'être aussitôt cataloguée comme la nouvelle élève débile pour le reste de l'année.

– Sérieusement, où est-ce que tu m'emmènes ? ai-je lancé, en regardant sa silhouette fuyante, et constatant qu'il était plutôt grand pour son âge.

À mon avis, il avait dans les quatorze ans, abstraction faite de son look de vieux.

Comme lui, j'ai tourné dans un angle, et stoppé net avant de lui rentrer dedans quand il s'est arrêté devant une large porte en verre fumé, qu'il a ouverte en grand.

– Tout le monde est là. Ils t'attendent.

Le regard oscillant entre lui et la porte, je l'ai vu acquiescer d'un air encourageant quand j'ai avancé la tête pour jeter un œil à l'intérieur : une vaste salle déserte, où absolument personne ne m'attendait – ni moi ni quelqu'un d'autre d'ailleurs. Mes yeux s'ajustaient encore à l'éclairage quand j'ai aperçu une grande scène, en partie dissimulée par de gros rideaux en velours rouge, et des rangées de sièges rembourrés qui lui faisaient face. Mais si l'endroit semblait tout à fait charmant et pas du tout menaçant, impossible d'ignorer la sensation horrible qui m'a prise au ventre et aussitôt poussée à déguerpir avant qu'il ne soit trop tard.

Seulement, au moment où je me retournais pour demander si c'était un genre de canular, de bizutage vaseux réservé aux petits nouveaux, il a appuyé d'une main ferme entre mes omoplates et m'a poussée dans la pièce.

– Bonne chance, m'a-t-il dit. Tu en auras besoin !

La porte s'est refermée violemment derrière moi.

six

Le bras tendu vers la poignée, pressée de rouvrir pour le rattraper et lui régler son compte, j'ai entendu quelqu'un appeler dans mon dos. Je me suis retournée, râlant à l'idée d'être retenue ne serait-ce qu'un quart de seconde, et me suis retrouvée nez à nez avec ce qui m'est apparu comme… un ange.

Un ange éblouissant, d'une beauté incroyable.

Le premier que je voyais depuis mon arrivée Ici.

– Riley ?

Elle m'a regardée d'un air si gentil que je me suis aussitôt décrispée.

– Riley Bloom. C'est bien toi, n'est-ce pas ?

J'ai hoché la tête, incapable d'en faire plus. J'étais totalement intimidée, stupéfiée par son apparition, par la façon dont ses longs cheveux bouclés brillaient de reflets passant du blond au châtain puis du brun au roux, et rebelote depuis le début, tandis que sa peau faisait de même, alternant entre blancheur immaculée, noir d'ébène et toutes les nuances intermédiaires. Et sa robe ! Une magnifique robe bleue qui bruissait tout autour d'elle et scintillait tant qu'elle donnait l'impression d'avoir été tissée dans un amas de poussières d'étoiles et des kilomètres de dentelle. Il ne lui manquait que des ailes ou, si elle en avait, je ne pouvais pas les voir d'où j'étais.

Souriant, elle m'a fait signe d'approcher, et j'ai tout de suite obéi, sans même réfléchir. Elle était si fascinante, si belle, que je ne pouvais pas refuser. Il émanait d'elle une lumière si vive, si intense et « violacée », je dirais, qu'à côté d'elle, Pom-pom girl et le binoclard auraient eu l'air d'ampoules grillées. Bien que persuadée de ne l'avoir jamais vue, pour une raison ou pour une autre, j'avais l'impression étrange de la connaître. Et dès l'instant où elle a plongé son regard bienveillant dans le mien, j'ai compris pourquoi : on aurait dit l'incarnation d'une princesse de conte de fées.

– Nous sommes si heureux de te voir, a-t-elle dit, les mains croisées sagement devant elle.

Nous ?

J'ai cligné des yeux une première fois, puis une autre, stupéfaite de voir que les sièges encore vides quelques secondes plus tôt étaient maintenant occupés par un petit groupe de personnes en robes amples. Mais même si eux aussi rayonnaient, aucun n'irradiait autant que le merveilleux ange face à moi.

– Je m'appelle Aurore, a-t-elle annoncé.

Pour être franche, ça ne m'a pas étonnée. Si quelqu'un pouvait porter un nom pareil, c'était bien elle.

– Et voici Claude.

D'un geste, elle a désigné un brun à queue de cheval et longue barbe en bataille plus ou moins assortie, qui lui tombait presque jusqu'à la taille.

– Et Royce.

Elle a hoché la tête vers le type à côté de Claude, qui, avec sa crinière châtain, sa peau mate et ses yeux verts pétillants, était sans conteste assez sexy pour devenir une grande star de cinéma sur Terre. Assis à sa gauche, c'était Samson ; honnêtement, il avait l'air si vieux qu'il paraissait presque jeune à nouveau, comme s'il était revenu à son point de départ, quelque chose comme ça, même si, je sais, ça n'a aucun sens. Et près de Samson se trouvait Celia, qui était si menue qu'on aurait presque dit une miniature d'elle-même, et dont la robe en soie couleur crème était ornée d'une superbe broderie de fleurs aux couleurs vives et de longues lianes filiformes.

Cela dit, ils avaient beau sembler tous très gentils, accueillants et totalement inoffensifs, et rayonner de toute une palette de nuances, du bleu vif de Celia au violet vibrant d'Aurore, je n'arrivais toujours pas à me débarrasser de cette sensation de plus en plus désagréable qui m'envahissait, même si j'étais incapable de la localiser, et encore moins de lui trouver une explication rationnelle. Tout ce que je savais, c'est que l'heure était grave.

Très grave.

Aujourd'hui, avec du recul, tout me paraît plutôt évident, mais à l'époque, je n'avais pas la moindre idée de ce qui m'attendait.

À ce stade, il ne m'avait même pas traversé l'esprit que ce type de situation puisse réellement exister.

– Nous appartenons au Conseil, a expliqué Aurore.

À l'entendre, c'était logique.

Elle a souri en prenant place parmi les autres.

– Sais-tu ce que c'est ?

J'ai secoué la tête en me mordant la lèvre, incapable de parler, ni même de penser en fait. Pour ainsi dire incapable de rien, à part rester les bras ballants et la bouche ouverte. Lançant des regards nerveux autour de moi, j'ai examiné une nouvelle fois la salle et senti mon ventre se nouer violemment, quand d'un coup j'ai compris à quoi servait la scène.

Pour quelle raison elle était là, complètement vide.

Et le véritable sens de tout ça.

– Ne t'inquiète pas, a dit le beau gosse.

Je crois qu'il s'appelait Royce, mais j'avais trop le trac pour avoir les idées claires.

– Tu n'as rien à craindre. Tu es en sécurité. On ne mord pas, a ajouté Samson.

Pour une raison qui m'échappe, cette dernière phrase a fait rire toute l'assistance.

Sauf moi, il va sans dire.

J'étais loin d'avoir envie de rire, à des kilomètres, même. J'étais trop occupée à chercher une issue de secours. Totalement écrasée par un horrible sentiment d'angoisse, maintenant que je savais à peu près ce que l'avenir proche me réservait.

Et encore : cette peur qui me plombait le ventre était sans comparaison avec la contrariété croissante que j'éprouvais, l'impression pesante d'avoir été dupée.

Victime d'un vrai coup bas.

Piégée de la façon la plus injuste.

Dire qu'à peine un moment plus tôt, mes parents m'avaient simplement serrée dans leurs bras et dit au revoir en chantonnant « bonne journée ! », comme si tout était parfaitement normal.

Qui aurait dit que j'étais sur le point d'être confrontée à *ça*, carrément prise en embuscade ?

Aucune mise en garde. Pas le moindre avertissement. On m'avait jetée dans la fosse aux lions, sans armes ni défenses ni aucun tuyau pour en réchapper.

Le regard au loin, j'ai soupiré en secouant la tête.

Voilà, on y était.

Le jour du Jugement dernier.

J'étais seule contre eux, et je ne pouvais rien y faire.

Et je n'ai pas été surprise de me retrouver brusquement au beau milieu de la scène, sans pour autant que ma volonté y soit pour quelque chose.

Horrifiée, je les ai regardés se pencher en avant sur leur siège, attendant avec impatience que le spectacle commence, tandis que les rideaux coulissaient derrière moi.

sept

Claude, le barbu, s'est levé et approché de la gigantesque bibliothèque qui tapissait le mur du fond, que dans ma nervosité je n'avais pas encore remarquée, et il en a sorti un petit livre pas très épais, qu'il a feuilleté avec désinvolture. Il a fait claquer plusieurs fois sa langue contre son palais, tout ça pour finalement refermer le livre d'un coup sec, le ranger sur l'étagère, et retourner s'asseoir.

– Eh bien ! Il semblerait que l'on ait vécu une vie très intéressante, a-t-il affirmé en ajustant sa robe sur ses jambes croisées, le regard tourné vers moi. Et si vous nous racontiez un peu ça ?

Je suis d'abord restée bête, les yeux écarquillés et l'air totalement ahuri. Puis je lui ai décoché un regard, l'air de dire : « vous êtes dingue », persuadée qu'il plaisantait, même si l'étincelle dans ses yeux m'assurait du contraire.

Ils attendaient. Patiemment. Curieux d'entendre l'histoire très brève de mes douze années d'existence, écourtées sans que j'aie eu le temps de dire ouf.

En vérité, plus ils restaient assis là, à attendre que je me lance, plus je commençais à m'énerver, jusqu'à ce que la colère qui montait en moi finisse par déborder et me faire exploser :

– Non mais… c'est une blague ou quoi ?

J'ai marqué une pause, attendant que quelqu'un plaide coupable, me mette dans la confidence, mais voyant que personne ne se manifestait, j'ai secoué la tête et enchaîné :

– En *quoi* cette histoire pourrait être intéressante, sachant que je n'ai même pas passé la barre des treize ans ?

Serrant les lèvres pour éviter qu'elles ne tremblent de façon visible et gênante, j'ai croisé les bras sur ma poitrine qui, grâce à mon séjour forcé Ici, resterait obstinément plate pour, si je ne m'abuse, l'éternité. Et quand mes yeux ont commencé à piquer, et ma gorge à se nouer, tout m'a semblé encore pire. Au fond, je n'avais toujours eu qu'une envie, être une ado. Mais ces gens m'avaient définitivement coupé l'herbe sous le pied.

– Donc, il est exact de dire que tu as le sentiment de t'être fait… avoir ? a demandé Royce, la tête penchée et les yeux mi-clos.

On aurait dit un scientifique auscultant son rat de laboratoire préféré.

– Est-ce pour cette raison que tu t'es attardée si longtemps sur Terre ? a demandé Celia d'un ton sage et poli.

Mais je n'étais pas dupe ; aucun risque, vu la manière dont son regard se promenait sur moi sans en perdre une miette.

Le fait qu'ils soient tous là à me scruter ne faisait qu'empirer les choses.

Ça me donnait l'impression d'être une sorte d'attraction.

Une bête de foire.

Ils s'efforçaient de paraître calmes, prévenants et sympas, comme s'ils avaient tout le temps d'attendre que je trouve mes repères et leur révèle en exclusivité comment j'avais occupé les douze années de mon existence d'une brièveté pitoyable, mais je n'étais pas dupe une seconde.

Ils savaient déjà tout. C'était dans le livre. Ils voulaient juste l'entendre de moi. Le grand déballage.

Un examen de passage vers l'Au-delà.

Voilà ce que c'était.

Pour moi, ça ne faisait aucun doute.

– C'est vrai, nous savons tout, a admis Aurore, confirmant mes doutes. Mais tu n'as pas à t'inquiéter, il n'est pas question de jugement ici. Nous voulons juste te donner une chance de t'expliquer, c'est tout. De nous dire ce qui a motivé tes choix. Ce sont tes idées, ta version de l'histoire qui nous intéressent, et qui nous permettront de décider au mieux de ton affectation.

J'ai plissé les yeux en les examinant un à un, mais ils étaient trop forts à ce jeu-là, trop expérimentés.

Impossible de glaner la moindre info sur ce qu'elle avait vraisemblablement voulu dire par là.

– Tout le monde est affecté à un poste, a précisé Celia, lissant de ses petites mains les manches de sa robe. Nous sommes chargés de déterminer quel sera le tien.

À l'entendre, cette explication devait suffire à m'éclairer, être parfaitement limpide pour la petite nouvelle que j'étais.

J'ai secoué la tête, franchement énervée, troublée, et… bon, surtout énervée.

– Écoutez, tout ça, c'est pas trop mon truc, alors je voulais savoir si, éventuellement… on pourrait reprendre cette discussion un autre jour. Au fond, puisque vous savez déjà tout ce qu'il y a à savoir, je ne vois pas vraiment l'intérêt de continuer. Et la vérité, c'est que je ne me sens pas super à l'aise toute seule sur cette scène. Enfin, bon, si vous tenez vraiment à savoir, alors d'accord : je dirais que les deux principaux points sur ma courte liste de péchés sont sans doute que, un, quelquefois, il m'arrivait de monopoliser le micro quand on jouait à Rock Band sur la Wii avec mes amis…

Je me suis interrompue en entendant ma petite voix intérieure : *J'hallucine ! Tu comptes sérieusement mentir à propos de cette histoire ? Tu choisis mal ton endroit !*

Je me suis éclairci la voix, gênée.

– Bon, OK, il se peut que je l'aie monopolisé, disons, souvent, mais c'est juste parce que je m'entraînais pour participer à *La Nouvelle Star*. Je ne sais pas si vous connaissez, mais c'est une émission hyper populaire sur…

J'ai stoppé là, consciente qu'il fallait vite que je passe à autre chose si je voulais avoir une chance de sortir d'ici incessamment sous peu.

– Enfin, bref… quoi d'autre ? Bon, eh bien, je dirais qu'en deux, il y a eu cette fois où, en CM1, on avait cette remplaçante, et quelqu'un, je veux dire, *moi*, a changé tout le plan de classe, ce qui fait que les filles se sont retrouvées avec des noms de garçons, et les garçons avec des noms de filles, mais là aussi, je tiens à préciser que j'avais des circonstances atténuantes. D'abord, ce n'était pas tout à fait mon idée. En fait, ce n'était pas mon idée du tout. Mais en tout cas, la seule raison pour laquelle j'ai accepté de suivre, c'est parce que Felicia Hawkins m'avait lancé un défi. Au cas où vous ne la connaîtriez pas, eh bien, elle est vraiment méchante. Sérieusement, c'était la fille la plus peste et la plus snob de mon âge, CM2 et 6e compris. Donc sachant ça, je crois qu'on peut dire à juste titre que j'étais bien obligée de lui prouver qu'elle ne me faisait absolument pas peur, ni elle, ni la remplaçante, ni personne. Sinon, elle ne m'aurait plus lâchée de l'année, si pas plus. Donc, si quelqu'un doit être puni Ici, c'est Felicia Hawkins, pas moi. Ah mais, non ! Je suis bête ! Elle est toujours en vie ! Et aux dernières nouvelles, toujours en train de terroriser ses petits camarades en toute impunité, pendant que moi je suis coincée Ici, sur une scène débile, dans une salle débile, à essayer de justifier trois bêtises. Sans rire, vous ne trouvez pas ça injuste ?

Je les ai dévisagés, les joues en feu. Mais même si ma question était loin d'être aussi rhétorique qu'il n'y paraissait, personne n'a répondu. Ils se sont contentés de se pencher en avant, presque en simultané, comme s'ils avaient répété, ignorant complètement cette crise un peu excessive qui m'a mise très mal à l'aise, et fixant l'écran derrière mon dos. Écran qui s'est subitement allumé en clignotant, et sur lequel ont commencé à défiler des images…

… de *moi*.

Moi dans notre maison à Eugene, même pas âgée de un an et rampant à quatre pattes après ma grande sœur Ever qui n'avait que quatre ans de plus, et qui, de ce que j'en voyais, pleurait déjà la perte de son intimité.

Moi, quelques années plus tard, pédalant comme une dératée sur mon nouveau vélo mauve équipé de stabilisateurs, faisant de mon mieux pour suivre Ever, dont le vélo était vert jaune et mille fois plus rapide que le mien.

Moi, encore un peu plus tard, piquant les fringues d'Ever pour les porter à l'école à son insu, même s'ils n'étaient pas exactement à ma taille et que je devais retrousser les ourlets et les manches.

Moi, pas plus tard que l'an dernier, peu de temps

avant l'accident, en train de l'espionner avec son ex-petit copain Brandon, avec un mélange de fascination et de dégoût dans le regard quand ils se sont embrassés sur le canapé, chez nous, un soir où nos parents étaient à une de leurs « soirées en amoureux » et où elle était censée me garder.

Honnêtement, je ne sais pas ce que le Conseil en pensait, mais pour ma part, j'avais honte. Incapable de détacher mon regard des scènes horribles qui se déroulaient sous mes yeux, j'avais envie de rentrer sous terre, mortifiée face à ce comportement typique, dont je n'avais jamais pris conscience.

Comportement que j'avais souvent clamé n'être que pure invention.

Et pour cause : je m'étais persuadée avec succès que c'était Ever qui n'arrêtait pas de m'embêter, qui passait son temps à me persécuter, et qui ne voulait jamais me laisser tranquille malgré mes protestations répétées.

À cet instant, face à cette réalité solidement argumentée, où tous les coups étaient permis… je ne pouvais plus nier que c'était moi qui avais passé la majorité de ma vie ridiculement courte à la suivre partout, à l'espionner, à l'imiter, et en somme, à lui pomper l'air jusqu'à la persécution.

Plus d'une décennie consacrée à ça, dans l'unique volonté démesurée et affligeante de lui ressembler.

Mon cœur se serrait à mesure qu'un nouveau flot d'images défilait à l'écran, toutes aussi humiliantes les unes que les autres. Les bras croisés autour de ma taille, j'avais envie de rapetisser, de disparaître, d'être n'importe où sauf dans cette pièce, sur cette scène. Je me sentais nauséeuse et en nage, comme la fois où j'avais eu le mal de mer sur le lac.

Toute ma vie n'avait été qu'un tissu de mensonges.

Aux antipodes de ce que je croyais.

Plus moyen de me voiler la face.

Bien sûr, d'autres séquences se mêlaient aux premières, des soirées où Ever était de sortie quelque part avec ses amies, pendant que moi je traînais avec les miens. Mais bon, dans l'ensemble, c'était totalement déséquilibré, impossible de le contester.

Dans la catégorie petite sœur, j'étais une emmerdeuse finie, exemplaire au quotidien.

– C'est... c'est un montage ? Ou bien, vous savez, des photos retouchées sur Photoshop ?...

Sans le vouloir, j'avais pris ma voix haut perchée et stridente, que ma mère appelait ma *voix de menteuse*. Celle que j'utilisais quand le dernier cookie avait disparu et que j'étais considérée comme suspecte ou quand la maison était en pagaille alors que j'avais été soi-disant seule toute la journée. Inutile de vous dire que ça n'a pas échappé aux membres du Conseil.

Tête baissée, j'ai tourné le dos à l'écran, consciente qu'il n'y avait plus rien à faire, plus rien à dire. Tout était fini, et je n'avais plus qu'à attendre de savoir ce qu'on allait faire de moi.

huit

Ce n'était pas fini.

J'aurais pourtant cru le contraire.

Moi, je voulais qu'on en finisse !

Tu parles. Loin de là !

Alors que j'attendais que le verdict tombe, un bruit statique et grinçant m'a encerclée, et ça a été plus fort que moi, même si je n'en avais aucune envie, je me suis retournée vers l'écran. Dès que j'ai vu la façon dont les images se sont subitement modifiées, devenant toutes voilées et floues et jaunâtres sous une lumière tamisée, j'ai reconnu l'endroit. Mon estomac s'est recroquevillé sur lui-même, comme un poing. D'instinct, j'ai compris que si la situation m'avait semblé horrible quelques instants plus tôt, elle venait sérieusement de s'aggraver.

Ils m'avaient aussi surprise dans l'Été perpétuel.

Cette dimension mystique entre la Terre et Ici, où j'avais traîné pendant... disons que je suis restée là-bas beaucoup plus longtemps que je n'aurais dû.

Donc, j'ai regardé.

J'ai regardé ce qu'ils regardaient.

À savoir *moi*, fraîchement disparue, mais encore occupée à une de mes bonnes vieilles magouilles, comme si mon départ anticipé n'avait aucune importance. Comme si ça ne me gênait pas du tout.

Ma mort n'avait rien changé.

Elle m'avait plutôt rendue pire, accordé un genre de carte blanche dont j'avais toujours rêvé.

C'était comme d'avoir un passe d'accès aux coulisses non seulement de la vie de ma sœur, mais aussi de celle de tout le monde. J'espionnais mes anciens voisins et amis, mes camarades, mes profs préférés et ceux que j'aimais moins, et même quelques célébrités très en vue, exploitant au maximum mon nouveau statut de femme invisible. Et, comme d'habitude, j'avais passé le plus clair de mon temps à espionner ma sœur, sans jamais me douter qu'on m'espionnait aussi.

Toute mon existence – ma naissance, ma mort et la suite – avait été renseignée et disséquée, et on attendait maintenant de moi que je trouve un moyen d'expliquer (voire de justifier) ce qui représentait clairement une sacrée somme de temps perdu.

Problème : je ne savais pas quoi dire pour ma défense.

De toutes les personnes réunies dans cette pièce, j'étais la plus surprise.

Arrivée à la séquence où j'entrais en douce dans la Salle de projection, sur le chemin de l'école, je me suis littéralement effondrée sur le sol dur et froid de la scène, sans même me donner la peine de faire apparaître une chaise confortable pour me réceptionner. Fiévreuse, j'ai attendu que le supplice s'achève et qu'ils décident de mon sort.

Toute la salle s'est tue et l'écran est devenu blanc. Alors, j'ai compris que c'était à moi de faire le premier pas.

– Bon… je crois que les images parlent d'elles-mêmes, non ?

J'ai essayé de sourire, mais ça ne ressemblait à rien, ça sonnait faux. Après, j'ai tenté le coup des gros yeux et du regard tristounet qui marchait toujours avec mon père, mais là encore, sans succès. Ils sont restés muets, très calmes. Il était clair que j'allais devoir faire beaucoup mieux pour les convaincre.

Je n'allais pas m'en tirer aussi facilement.

Je me suis raclé la gorge, fixant mes chaussures de toutes mes forces.

– OK, j'étais peut-être insupportable sur les bords.

J'ai haussé les épaules en essayant de rester désinvolte.

– Mais ça figure pas sur la liste des sept péchés capitaux, à ce que je sache… si ?

J'ai levé le nez, guettant désespérément un petit signe de confirmation, de compassion, n'importe quoi, et c'est chez Aurore que je l'ai trouvé, la seule personne sur laquelle je pouvais compter, celle sur qui j'ai choisi de me focaliser.

– Au fond, si vous m'aviez accordé quelques années de plus, j'aurais peut-être pu renverser la vapeur. Et accomplir de grandes choses, même, un truc vraiment extraordinaire qui aurait changé le monde, vous voyez ? Maintenant… on ne saura jamais de quoi j'étais capable, puisque… vous m'avez mise sur la touche alors que la partie venait à peine de commencer.

J'ai soupiré, à la fois pour l'effet mélo et parce que, mine de rien, toute cette histoire était un peu épuisante. Là encore, je me suis retrouvée face à un mur de silence. Alors j'ai enchaîné :

– OK. Très bien. Vous voulez la vérité ? La voici : j'ai l'impression de m'être fait voler ma vie ! Sans blague, mourir à douze ans ? C'est vraiment pas juste ! Et pourquoi ce serait à moi d'expliquer mes actes, d'abord ? Je n'étais qu'une gamine… on est censé être immature à mon âge ! Ce serait plutôt à vous de me donner des explications. Peut-être que c'est moi qui mérite des réponses Ici ? Hein ? Est-ce que quelqu'un y a déjà pensé ?

Je me suis interrompue, à bout de souffle et dans tous mes états, et je n'avais pas besoin de miroir pour savoir que j'étais rouge comme une tomate.

De nouveau j'ai fixé mes pieds, secouant la tête en faisant vœu de silence total à compter de maintenant. Quoi qu'il arrive par la suite, je jurai de ne plus dire un mot, de ne plus essayer de justifier le moindre de mes actes passés. Ma vie telle que je l'avais connue était terminée, impossible de faire marche arrière. Interdiction de recommencer. Autrement dit, tout ça n'avait aucun intérêt. C'était vicieux, méchant et totalement immérité, et il n'était pas question que je leur fournisse d'autres armes à utiliser contre moi en plus de celles qu'ils avaient déjà.

Je suis restée par terre, bien décidée à garder le silence et à patienter aussi longtemps qu'il le faudrait, quand Aurore a finalement pris la parole :

– Je sais que tu ne comprends peut-être rien pour l'instant, mais avec le temps, ça viendra. Tout te paraîtra parfaitement clair, je te le promets. Pour l'heure, sache juste que tout se déroule comme il se doit. Ce n'est ni une question de châtiment ni de jugement ou d'accident. Tout était écrit. Nous essayons simplement d'envisager les choses de ton point de vue, d'étudier ton existence avec compassion, et non discrimination. Nous savons tous à quel point il est difficile de trouver sa voie sur Terre car les distractions y sont nombreuses, autant que les décisions à prendre. Nous ne condamnons aucun de tes actes, Riley, donc tu n'as pas de raisons d'être effrayée ou en colère. Nous cherchons simplement à mieux te comprendre, c'est tout.

Nos regards se sont croisés. C'est vrai qu'elle était gentille, sympa, toute rayonnante et angélique, ça oui ! Mais ça ne me suffisait pas. Je refusais de me faire embobiner aussi facilement.

– Alors, c'était mon destin de mourir, c'est ça ?

Et voilà, je venais de rompre mon vœu de silence. Du coup, je me suis demandé si mon côté « grande gueule », comme dirait maman, allait m'attirer autant d'ennuis Ici que sur Terre.

Mais Aurore s'est contentée de sourire pendant que les autres gloussaient un peu, ce qui, je dois bien le dire, ne m'a pas *du tout* rassurée, vu qu'au départ, je n'essayais pas d'être drôle.

– Tu comprendras en temps voulu, a lancé Claude, celui à la longue barbe touffue.

Il a calé ses pieds nus contre le dossier devant lui.

– Mais pour l'instant, as-tu quelque chose à dire en ta faveur ? Une remarque sur ce que tu viens de voir à l'écran ?

Mes épaules se sont affaissées d'un coup. Même tout mon corps, en fait. J'en avais assez de parler et j'étais à court d'excuses. Je voulais qu'on en finisse. Connaître mon *affectation* et passer à autre chose.

Ils ont échangé un coup d'œil, communiquant d'une façon totalement inaccessible pour moi, parvenant finalement à une sorte d'accord en hochant la tête vers Celia. Cette dernière s'est tournée vers moi.

– Compte tenu de tes antécédents et de ton profond attachement à la dimension terrienne, tu suivras une formation de Passeur. Des questions ?

Une formation de quoi ? Cette question a très vite été suivie d'un million d'autres dans la même veine.

– Passeur d'âmes, a précisé Samson.

Écartant une longue mèche argentée de son visage, il a planté ses yeux violets dans les miens.

– Ce sont ceux qui passent les âmes, a-t-il ajouté.

Ah oui, dit comme ça, c'était nettement plus clair !

Je m'apprêtais à poser LA question évidente, quand Aurore est intervenue, avec cette voix douce et apaisante qui donnait l'impression que chaque mot était choisi avec autant de soin que les paroles d'une belle chanson.

– Riley, ta situation n'est pas aussi unique que tu ne le crois. Il existe des quantités d'âmes qui résistent à l'appel vers Ici. Bon nombre d'entre elles errent encore sur Terre, refusant de franchir le pont et de tourner la page. Certaines résistent pendant des siècles, ignorant toutes les tentatives, quelles qu'elles soient, pour les attirer Ici, alors que d'autres ne s'attardent que quelque temps. Et bien que chaque âme jouisse d'un libre arbitre, de temps en temps, nous considérons qu'elles ont besoin, disons… d'un petit coup de pouce, si tu veux. C'est une manière de leur rappeler discrètement qu'elles ont le choix, notamment celui de suivre une meilleure voie que celle qu'elles ont choisie. Et c'est là que tu entres en jeu.

Je leur lançai des regards affolés. J'avais la tête saturée de questions à ne plus savoir qu'en faire, mais ne savais absolument pas par où commencer. Je n'étais sûre que d'une chose, j'allais repartir.

Retourner sur Terre.

Sur notre belle planète bleue !

Pour ma part, j'étais déjà pressée de m'en aller.

– Nous sommes convaincus qu'avec un guide consciencieux et une formation adéquate, tu feras un excellent Passeur d'âmes pour nous, a affirmé Royce.

Il m'a gratifiée d'un sourire qui valait tous les projecteurs, toutes les affiches de films et les couvertures de magazines, pendant que les autres approuvaient d'un signe de tête.

– Alors ? À quand le départ ?

Je me suis relevée d'un bond, débordant soudain d'une énergie qui me faisait cruellement défaut quelques instants plus tôt.

– Quand est-ce que je récupère ma vie d'avant ?

Je me voyais déjà retourner dans mon ancien quartier et m'inscrire dans mon ancienne école, sans trop savoir comment ça se passerait concrètement. Vous savez, par exemple : comment ils allaient s'y prendre pour arranger le fait que je sois morte un jour, et… plus ou moins vivante le lendemain. Puis, tout ça m'est très vite sorti de la tête, c'était leur problème, pas le mien.

Moi, j'avais une mission à accomplir.

Une mission passionnante.

Mais mon enthousiasme a vite été freiné quand Aurore, avec ses cheveux châtains-roux-bruns-argentés-blonds qui flottaient autour d'elle dans un tourbillon de vagues et de petits ruisseaux, m'a dévisagée.

– Tu repartiras sous la forme d'un esprit, uniquement. Invisible aux yeux de tous, sauf de tes semblables et des rares personnes ayant un don pour déceler notre présence.

J'ai soupiré, sentant mes paupières devenir lourdes et mes épaules s'affaisser d'un coup – encore. Découragée, déçue, désenchantée… Ces mots étaient loin de décrire ce que je ressentais. Pourtant, je repartais quand même. C'était comme ça et pas autrement. Et si le Conseil jugeait bon de m'envoyer faire mes valises, au fond, qui étais-je pour protester, indépendamment de la forme sous laquelle je reviendrais ?

Après une telle journée, entre le meeting, les chants, les auréoles multicolores et toutes les autres bizarreries accumulées, finalement, je me suis dit que cette école n'allait pas me manquer.

– Quand est-ce que je pars ?

Aussitôt la question posée, je m'en suis voulu, car je me suis rendu compte, trop tard, que je n'avais même pas réfléchi à ce que j'allais dire à mes parents et grands-parents.

– Sans plus tarder, a répondu Celia en consultant les autres du regard.

Tous ont acquiescé.

– Le plus tôt sera le mieux, a confirmé Samson.

– Tout de suite, ce serait parfait, a dit Royce.

J'avais beau être impatiente, il me restait une dernière question.

– Et ma famille ? Qu'est-ce que je vais lui dire ?

Je me suis retournée en voyant Claude m'indiquer l'écran, qui était à présent coupé en deux. D'un côté, on y voyait mon père en pleine jam-session avec une bande de musiciens ; de l'autre, ma mère occupée à peindre dans un atelier bien éclairé, la blouse barbouillée de presque toutes les couleurs de l'arc-en-ciel et le visage illuminé d'un sourire. J'ignorais ce que ça signifiait, mais mon ventre a encore fait ce truc bizarre de se serrer comme un poing.

Les lèvres pincées, j'ai essayé d'interpréter ces images, me demandant pourquoi ils n'étaient pas là où ils avaient dit qu'ils seraient, pourquoi ils avaient préféré mentir et faire l'école buissonnière. Mais en moins de deux, l'écran s'est à nouveau divisé, et j'ai vu mes grands-parents eux-mêmes engagés dans des activités plutôt surprenantes, surtout compte tenu de leurs âges. Ils s'amusaient entre autres à surfer, randonner, tenir un ranch, composer une symphonie ou surveiller une nursery pleine de nouveau-nés.

– Ils ont déjà reçu leurs affectations, a expliqué Aurore. Ils travaillent à l'épanouissement de leurs âmes à présent. Inutile de t'inquiéter pour eux.

Comment ça, quel épanouissement ? j'ai pensé,

interloquée. Les choses devenaient de plus en plus tordues à chaque seconde. Je veux dire qu'à l'origine, j'avais peur qu'ils ne s'inquiètent pour moi. Mais en l'occurrence, ça m'aurait étonnée qu'ils remarquent mon départ.

– Ta famille a déjà compris ce qui commence tout juste à être clair pour toi. Au cours de l'existence, il arrive que la réalité de la vie constitue un obstacle à notre vraie nature. Mais Ici, on peut réaliser ses rêves de toujours, accomplir sa destinée.

Aurore a souri.

Visiblement, elle trouvait ça formidable ! Elle s'attendait à ce que je partage son avis. Mais ce n'était pas le cas.

J'en étais incapable.

Entendre tout ça ne faisait que renforcer mon sentiment de solitude, d'inutilité totale, et par-dessus tout d'exclusion.

– En gros… vous voulez dire qu'avant, sur Terre, Ever, Caramel et moi on était… *des obstacles* ?

J'ai tout de suite eu honte de la façon dont ma voix s'est brusquement cassée ; mais quand même, rien que d'y penser, mon ventre est redevenu tout bizarre.

Aurore, elle, a simplement souri comme tous les autres, hochant la tête vers Celia.

– Bien sûr que non, a répondu cette dernière.

– Tes parents et tes grands-parents t'adorent, et

ils ne changeraient rien à la vie qu'ils ont vécue, m'a certifié Samson.

– Ici, on est son propre guide, ce qui permet à chacun de se libérer pour accomplir son destin. Tout ne s'arrête pas après la mort, tu sais. Nous avons de nombreuses tâches, beaucoup à faire et à apprendre. Tes parents ont trouvé leur voie, et toi la tienne, désormais. Tout est comme il se doit, a conclu Royce, joignant les paumes et s'inclinant vers moi.

– Mais, et ma maison ? Et… et mon chien ?

J'ai secoué la tête, incapable de terminer ma phrase, ni d'expliquer comment on en était arrivés là. Moi qui étais si contente, persuadée d'avoir tiré le gros lot à la loterie de l'Au-delà et gagné la chance de repartir ! En fin de compte, tout s'est écroulé d'un coup, tandis que mes repères s'effondraient les uns après les autres.

– Tu es libre de revenir nous voir quand tu veux, a suggéré Aurore en souriant.

Elle rayonnait d'un éclat vraiment magnifique, hypnotique.

– Et Caramel est libre de t'accompagner.

– Ah bon ?...

J'ai penché la tête, curieuse de savoir ce que mon chien en penserait.

– Est-ce que lui aussi a un destin à accomplir ?

Royce a accueilli ma question d'un bon rire franc.

– Les chiens sont un don pour l'humanité. Ils

sont heureux, joyeux et fidèles par nature. Ils sont de l'énergie positive à l'état pur et nous montrent l'exemple. C'est tout ce qu'on leur demande.

J'ai hoché la tête, faisant de mon mieux pour tout assimiler. La situation n'était peut-être pas telle que je l'avais imaginée au début, ni même telle que je l'avais espérée, mais ça aurait pu être bien pire.

La voix d'Aurore m'a tirée de mes pensées.

– Et si on oubliait le passé et qu'on se tournait plutôt vers ton avenir, Riley ? Qu'en dis-tu ? Es-tu prête à sauter le pas ?

Je n'ai pas eu le temps de répondre ou de me lever que Caramel a surgi comme une flèche de derrière le gros rideau rouge, remuant la queue comme un fou, me léchant les joues et finissant par me renverser de cette façon qui me faisait toujours rire. Quand, enfin, j'ai réussi à le calmer... tout le monde était parti.

Ils n'avaient même pas attendu ma réponse.

Alors, j'ai compris que la question n'avait été posée que pour la forme.

Ma mission était d'ores et déjà établie.

Que ça me plaise ou non.

neuf

J'étais dehors, avec Caramel à mes pieds, tous les deux sur le qui-vive et à l'affût du moindre signe.

Aussi perdus et perplexes l'un que l'autre quant à la direction à prendre ou la marche à suivre.

Ça peut sembler bizarre qu'une personne compte sur son chien pour la guider, mais le fait est que c'est Caramel qui a conduit ma famille jusqu'au pont. Il est le premier à l'avoir franchi. Donc je me suis dit qu'il avait peut-être un talent unique, un instinct propre aux golden retrievers. Une sorte de radar canin dédié à ce type de situations.

Mais non, il est resté là, assis sur son derrière avec ses grands yeux marron et sa truffe rose, clignant des yeux vers moi pendant que j'observais les environs en songeant que ça aurait été sympa de nous aiguiller un peu, au moins de nous mettre sur la voie.

Mais rien du tout.

Le Conseil s'était volatilisé.

Et qui sait où ils étaient partis.

Ni moi ni Caramel n'avions la moindre idée de la façon dont on était censés se rendre d'Ici à Là-bas.

Est-ce que je devais juste faire un vœu, y penser très fort, comme pour tout le reste Ici ? Ou bien est-ce qu'il y avait un moyen de transport à horaires réguliers, genre un bus, un train ou même une paire d'ailes disponibles à la location ?

Seule certitude : le pont que j'avais franchi pour parvenir jusqu'Ici était un itinéraire à sens unique. Je le sais parce qu'il se trouve qu'à la minute où je suis arrivée de l'autre côté, j'ai regardé derrière moi. (J'étais loin d'être aussi séduite par cette traversée que je n'ai voulu le faire croire.)

Trop tard.

Le pont avait disparu.

Invisible à jamais.

Donc, à défaut de panneau pour nous indiquer le chemin, je me suis finalement dirigée vers le premier bâtiment à proximité. J'ai fait signe à mon chien de me suivre, songeant qu'il fallait qu'on essaie de trouver quelqu'un qui voudrait bien nous aider. Et alors qu'on était à mi-chemin, j'ai entendu une voix derrière mon dos :

– Alors ? Comment ça s'est passé ? Tu as pleuré ? Ou bien tu as rampé devant eux en promettant de mieux faire s'ils t'accordaient une seconde chance ?

Serrant les dents, j'ai vu le ringard de service approcher, la tête penchée et une mèche grasse plaquée sur le front. Il s'est arrêté pour nettoyer ses lunettes avec le bout de sa cravate. Ça m'embête de l'avouer, mais pendant un quart de seconde il a eu l'air très différent, l'air d'un garçon qu'on aurait presque pu qualifier de… mignon.

Mais comme je le disais, ça n'a pas duré. En un clin d'œil, fin des illusions. Ses lunettes étaient de retour sur son nez, ses cheveux de nouveau gras, et il est redevenu « le ringard de service ».

– Pourquoi tu en portes, en fait ?

D'un geste, j'ai désigné ses grosses montures, ignorant exprès sa question. Je n'avais aucune intention de lui confier quoi que ce soit sur le compte rendu de ma vie, ni sur rien d'autre d'ailleurs. En fait, j'étais pressée de filer sur Terre où je n'aurais plus jamais à le revoir. J'avais vraiment hâte.

– Tu n'as qu'à faire un vœu pour avoir une meilleure vue. Ou au moins essayer de faire apparaître des lunettes un peu plus cool.

Je l'ai regardé, dans l'attente d'une réaction, mais il n'a rien dit.

– Sans blague, tu pourrais porter un modèle plus sympa que celui-là. La mode a fait de gros progrès ces dernières… décennies, tu sais !

J'ai hoché la tête, comme pour me convaincre que mes propos tenaient plus de la bienveillance que du préjugé. Que je ne faisais qu'exposer des faits tels que je les percevais.

– Je veux dire, il est clair que ça fait un bail que tu n'as pas fait un tour sur Terre…

J'ai froncé les sourcils et plissé les yeux un instant ; il avait un look tellement démodé que je ne pouvais même pas dire à quand remontait la dernière fois qu'on l'avait vu vivant.

– Qu'est-ce qui t'est arrivé, au fait ? Comment tu as atterri Ici ? Tu t'es battu contre un crayon papier HB fraîchement taillé ? Ou tu t'es étranglé avec ta cravate sans le faire exprès ? Ou non, attends, je sais, tu es *mort* de honte à cause de ta dégaine ?

J'ai secoué la tête, hilare, sans pouvoir m'en cacher ; parfois je me trouvais vraiment tordante. Et le fait qu'il ne se joigne pas à la fête ne m'a pas empêchée d'enfoncer le clou.

– Tu es quand même au courant que tu peux faire apparaître une garde-robe toute neuve, pas vrai ? Rien ne nous oblige à endurer les erreurs du passé. Alors vas-y, épate-toi ! Ferme les yeux et demande-toi… « qu'est-ce que Brad Pitt porterait à ma place ? »

Cette fois, j'ai carrément éclaté de rire, genre pliée à m'en taper les cuisses, mais j'ai vite été refroidie.

– Si tu veux tout savoir, j'ai eu un cancer. Le grand méchant C a eu ma peau. Un ostéosarcome, ou cancer des os, comme on dit couramment. Ils m'ont même amputé d'une jambe pour essayer de me sauver, mais c'était trop tard, ça s'était déjà propagé dans tout le corps.

Gloups. Je me suis figée, les yeux plantés dans les siens, consciente que je devais dire quelque chose, n'importe quoi, mais rien ne me venait. Consciente qu'il n'était qu'un cas parmi tant d'autres. Que cet endroit regorgeait d'histoires tristes comme la sienne. Que toutes les fins tragiques étaient réunies Ici. Mais ça ne m'a pas réconfortée pour autant. Je n'avais aucun droit de me moquer de lui comme je l'avais fait.

– En plus, j'étais sur le point de passer pro.

Il a haussé les épaules.

– C'était en 1999, j'ai loupé le passage à l'an 2000 : tu parles d'un timing, je ne pouvais pas plus mal choisir.

Agitant la tête, il m'a fixée d'un air neutre, dépourvu de toute trace de rancune ou de contrariété.

– Mais parfois c'est comme ça et on n'y peut rien, pas vrai ?

J'ai acquiescé, tout doucement, je ne savais pas quoi faire d'autre. Et si j'étais curieuse de lui demander dans quelle discipline il aurait dû passer pro, exactement, j'étais bien trop mal à l'aise pour le faire.

Alors je suis restée silencieuse, tandis qu'il jetait un œil à Caramel qui attendait patiemment à mes pieds.

– Tu veux vraiment emmener le chien ?

J'ai levé les yeux au ciel, passant de la honte à l'agacement en un claquement de doigts, et cherchant du regard les surveillants de couloir. Dans mon ancienne école, on n'aurait jamais laissé passer ce genre de harcèlement, cette intimidation indirecte et cet absentéisme. Mais Ici, on aurait dit que tout ou presque était permis. Comme si on faisait tous partie d'un système d'autosurveillance, quelque chose comme ça.

Tournant les talons, j'ai fait signe à Caramel de me suivre.

– Pour info, le chien s'appelle Caramel ! j'ai crié par-dessus mon épaule.

Puis je lui ai décoché un regard furieux, le pire regard-qui-tue dont j'étais capable.

– Quant au reste, je crois que ce ne sont pas vraiment tes oignons, tu vois ?

J'ai accéléré le pas, pressée de mettre un peu de distance entre nous, mais ça n'a rien changé. Je pouvais avancer aussi vite que je voulais, il était toujours à côté de moi.

– Écoute, je comprends ce qui peut te faire penser ça, mais tu te trompes. Je suis chargé de donner le feu vert à tous les voyageurs potentiels. C'est moi qui décide de qui entre et qui sort. Tu n'as qu'à imaginer que je suis le videur de cette boîte un peu particulière.

– Dans cette tenue, difficile d'imaginer autre chose qu'un ringard, ai-je marmonné, en faisant les gros yeux à Caramel au passage.

Mon chien avait tendance à être très affectueux envers les étrangers, ce qui avait le don de m'agacer, surtout avec cet étranger-*là*. Il est allé jusqu'à lui renifler et lui lécher la main, et a continué son cinéma comme le pire traître.

– Ah, au fait, une dernière chose : le ringard de service, le binoclard et le reste, tu vas arrêter ça tout de suite. J'ai un prénom et j'aimerais que tu t'en serves, a-t-il exigé en réapparaissant juste devant moi.

Finalement, je me suis immobilisée. Inutile de courir alors que la course était perdue d'avance.

– Dans ce cas, vas-y ! Dis-moi comment je dois appeler *môsieur* ? ai-je lâché d'un ton sec, les mains cramponnées à ma jupe écossaise.

– Bodhi.

Il a hoché la tête, visiblement content de son petit effet.

– Bodhi…

Plutôt pas mal comme prénom, je pensais, en me le répétant. Seul problème, ça ne collait pas. Même pas du tout, en fait. Bodhi, ça m'évoquait de beaux surfeurs bronzés, comme ceux du quartier de Laguna Beach, où vit Ever. Tout le contraire du M. Triple Foyer à la coupe de plouc et au look encore pire qui se trouvait face à moi.

– Je ne plaisante pas, Riley.

Les yeux mi-clos, il m'a fixée un instant avant de jeter un coup d'œil nerveux autour de lui.

– Il faut que tu arrêtes. J'ai tout entendu… et je ne suis pas le s…

Il s'est interrompu, serrant les dents pour s'empêcher d'en dire plus. Puis il a de nouveau planté ses yeux dans les miens.

– Écoute, tout ce que tu dois savoir, c'est que ton guide, c'est *moi*. Je suis celui que tu cherchais. Considère-moi comme ton prof, ton conseiller d'orientation, ton entraîneur et ton chef, tout ça à la fois. Par conséquent, tu ne peux pas continuer à me parler sur ce ton ou à me traiter de tous les noms. Désobéir de cette façon aurait des conséquences. Et très graves. Alors arrête, OK ? Mon nom, c'est Bodhi, et je veux que tu t'en serves. Il faut que…

Il a hésité, lançant des regards nerveux autour de lui comme un vrai parano, puis baissant la voix pour chuchoter :

– Il faut que tu me *respectes*, compris ?

J'ai cligné des yeux, recevant cinq sur cinq son ton implicitement suppliant, auquel s'ajoutait en prime un brin de méfiance pour faire bonne mesure.

« Alors, c'est lui, mon guide ? » me suis-je dit, en inspirant une grande bouffée d'air, curieuse de savoir quelles autres punitions on me réservait. C'est vrai, quoi, il n'avait ni ailes, ni robe chatoyante, ni auréole. Rien qui indique en aucune façon qu'il était mon chef, et pourtant, si, c'était bien lui. Je ne voulais pas y croire, mais bizarrement je savais que c'était vrai, qu'il ne mentait pas.

– Alors, tu es un peu comme mon ange gardien ? Un vrai de vrai ?

Je l'ai regardé hausser les épaules, manifestement peu intéressé par les détails. Quelque chose chez lui, dans la manière indolente qu'il avait de se tenir – pas à cause d'une mauvaise posture ou par manque d'amour-propre, non, indolent dans le sens de type cool avec un prénom cool –, ça ne collait pas avec son apparence générale.

Il avait un truc qui clochait.

Un côté décalé.

Mais je n'arriverais pas à mettre le doigt dessus.

– Écoute, Riley, a-t-il dit, pressé de changer de sujet. Mon job, c'est de tout t'apprendre, du moins si tu veux passer au niveau supérieur. Mais d'abord, le plus important… c'est qu'on se mette en route. Tu es prête à retourner sur Terre ?

Il a enfoncé les mains dans ses poches et regardé un peu partout autour de lui, visiblement aussi impatient que moi de quitter *rapidos* cet endroit.

– Quel niveau ?

Je l'ai zieuté en m'élançant à ses côtés.

– Qu'est-ce que tu entends par là ?

Mais il était déjà dix pas devant moi.

– Patience, Riley, patience. Chaque chose en son temps.

dix

Rien que pour faire la moitié du trajet, j'ai pris un tram, un bus et un métro.

Du moins, pour moi c'était le métro.

Bodhi appelait ça le « tube ».

Et le type qui a contrôlé nos tickets, le tunnel.

Alors, allez savoir qui disait vrai.

Quoi qu'il en soit, j'étais très déçue qu'il n'y ait aucun vol au programme.

Je ne parle pas de vol à bord d'un avion, mais plutôt de ceux d'ordinaire réservés aux oiseaux, aux papillons, aux anges ou peut-être même aux personnes mortes comme moi.

Le genre de vol qu'on vit parfois en rêve, quand on décolle d'un coup et qu'on se met à traverser les nuages comme une flèche, sans raison apparente.

Voilà le genre de vol que j'espérais.

Mais comme ça n'a pas eu lieu, j'ai compris qu'on serait limités aux bons vieux moyens de transport que j'utilisais autrefois, et… En fait, je ne saurais pas trop expliquer pourquoi j'étais aussi déçue. Surtout que de toute façon, pour l'instant, la vie après la mort ne ressemblait pas du tout à ce que j'avais imaginé. Alors, pourquoi en serait-il autrement pour les déplacements ?

– Encore faux, a dit Bodhi, qui avait écouté mes pensées à mon insu.

Cette manie, chez lui, commençait sérieusement à me taper sur le système. C'était déjà assez pénible de savoir que toute mon existence avait été renseignée, et que mon guide dans l'Au-delà accède aussi facilement à ce que je considérais autrefois comme mes pensées intimes, ça me soûlait au plus haut point.

– Il y a bien un vol de prévu.

Il a hoché la tête, sans se donner la peine de repousser la mèche qui lui tombait une fois de plus dans les yeux, se contentant de la laisser pendiller devant ses lunettes comme une grosse nouille grasse.

– Et crois-moi, c'est aussi marrant que tu l'imagines, même trop.

– *Trop* ?...

J'ai écarquillé les yeux, les lèvres démangées par un sourire moqueur.

– Sérieux ? C'est... *trop marrant* ?

Ça a été plus fort que moi, j'ai craqué, là sous son nez. Une vraie crise de rire. Mais il n'a pas relevé et a continué à disserter comme si je ne l'avais jamais repris sur sa façon de parler, un peu débile à mon sens.

– Contrairement à ce que tu crois, on n'a pas besoin d'ailes.

Il a étiré ses jambes sur les deux sièges vides en face de nous, jusqu'à ce que ses pieds pendent sur le côté.

– Quand est-ce que je vais voler ? ai-je demandé, me calmant assez pour pouvoir le regarder en face.

Il s'est penché pour gratter Caramel derrière les oreilles, puis il m'a regardé de biais.

– Chaque chose en son temps.

J'ai levé les yeux au ciel, d'ores et déjà exaspérée par cette formule et présumant à juste titre que je n'avais pas fini de l'entendre. Recroquevillée sur mon siège, les jambes repliées fermement serrées contre moi, j'ai regardé par la fenêtre. J'essayais d'isoler un élément du paysage qui défilait devant moi et de faire un arrêt sur image pour en saisir la signification, mais le train allait si vite qu'il était impossible de capter quoi que ce soit. Pourtant, en parallèle, j'avais cette sorte de perception intime de tout un flot d'images. Comme un flux continu de représentations, d'évènements qui se déroulaient sur Terre, y compris bien avant et bien après mon existence.

Toute l'histoire de l'humanité.

L'Histoire du temps.

Impossible d'évaluer avec précision la durée du trajet, mais il ne m'a pas paru très long. Du moins, pas autant qu'on l'imaginerait pour un tel voyage. Sans que je m'en rende compte, on était ressortis du tunnel, descendus du métro, et arrivés sur un quai que Bodhi a parcouru des yeux.

– On y est, a-t-il annoncé.

Une bourrasque a balayé le sol devant moi et le train dont on venait de débarquer a disparu, nous laissant tous les trois à scruter l'horizon pour essayer de nous repérer dans cet endroit qui ne me disait absolument rien, même si j'étais certaine qu'il faisait partie du plan terrestre.

Je suis restée concentrée sur Bodhi, croisant les doigts pour qu'il sache où il allait, le voyant s'élancer sans un mot dans une rue, puis dans une autre, et enfin dans une longue allée étroite qui débouchait sur une ruelle pavée. Là, il a pointé du doigt vers le ciel.

– C'est là.

Il a marqué une courte pause avant d'ajouter :

– Enfin je crois.

– Comment ça, tu *crois* ?...

J'ai froncé les sourcils, perdant tout à coup le peu de confiance que je lui avais accordé.

– Non, j'en suis sûr, s'est-il repris. C'est là, il n'y a pas de doute.

Il s'est redressé en hochant la tête d'un air catégorique, essayant de paraître sûr de lui, maître de la situation tel un vaillant petit guide, mais j'avais quand même le sentiment angoissant qu'il était aussi perdu que Caramel et moi.

– Et *là*, c'est où exactement ?

Suivant du regard la direction qu'il me montrait, j'ai essayé de distinguer quelque chose à travers les nuages, le ciel gris et l'épais brouillard. Sans grand succès.

– C'est là-haut.

Il a continué de pointer du doigt au loin – à mon sens, dans le vide.

– Notre terminus. Le château de Warmington. C'est là qu'il vit.

– Qui ça, *il* ?

J'ai fait volte-face vers lui, tout à fait consciente que Caramel s'appuyait de tout son poids contre mes jambes pour me faire comprendre que l'endroit ne lui disait rien qui vaille, pas plus qu'à moi.

Bodhi a souri, fermé les yeux et fait apparaître deux skateboards, un noir pour lui, un mauve pour moi. Sans perdre de temps, il a sauté sur le sien.

– Ton premier cas t'attend. Le Rayonnant, a-t-il lancé par-dessus son épaule. Maintenant reste derrière moi et tâche de suivre !

onze

Rien à dire, question skateboard, contrairement à ce que j'avais supposé, Bodhi ne se débrouillait pas mal du tout. Pour être franche, je m'attendais à un fiasco, à une démonstration digne des pires grimaces. Mais le fait est qu'il n'est pas tombé, n'a pas dérapé, ni même vacillé une seule fois.

En revanche, il a fait tellement de flips, de virages, de vrilles et de figures, que j'ai dû lutter pour suivre le rythme.

Celle-là, je ne l'avais pas vue venir. J'étais complètement stupéfaite.

Et si vous pensez que tout ça est relatif à son statut de mort, vous avez tout faux. Réfléchissez : moi aussi, je suis morte ! Et je peux vous garantir que j'arrivais à peine à me tenir debout, et encore moins à faire des loopings dans ces rues en zigzag qui grimpaient et descendaient à pic. Non, c'était un pur talent, un savoir-faire qui me faisait clairement défaut. Quand nous sommes enfin arrivés en haut de la colline, il a claqué son talon contre le bout de sa planche, l'a attrapée sans effort d'une main, puis a tourné la tête vers moi.

– Je t'avais bien dit que j'allais passer pro.

Il a penché la tête en m'indiquant l'édifice devant nous.

– Alors, qu'est-ce que tu en penses ? Plutôt étonnant, hein ?

J'ai acquiescé. C'était la première fois que je voyais un château, j'étais admirative et impressionnée, d'autant que celui-là faisait manifestement partie des plus beaux. Bâti dans une pierre grisâtre et lisse, immense et imposant, il semblait décrire des méandres infinis. Un peu partout au sommet, de hautes tours pointues – des tourelles, je crois – se découpaient dans le ciel. Il ne lui manquait que des douves remplies de crocodiles, mais bon, je voulais bien fermer les yeux sur ce détail.

La gorge serrée, je me suis demandé si j'étais vraiment prête. Au fond, si je vivais dans un endroit aussi grandiose, je n'aurais peut-être pas envie d'y renoncer non plus.

Surveillant du coin de l'œil Caramel, parti renifler le vaste terrain impeccablement entretenu, je me suis éclairci la voix.

– Alors… on est venus faire quoi exactement, ici ?

D'un discret coup de pied, j'ai envoyé ma planche sous un buisson à proximité, espérant ne pas avoir à m'en resservir de si tôt.

– C'est ici qu'habite le garçon, a dit Bodhi d'une

voix empreinte de respect. Le Rayonnant. Ça fait des années qu'il est là. Des siècles, même.

– Pourquoi tu l'appelles comme ça ? ai-je demandé, faisant mine de m'intéresser.

À vrai dire, je cherchais plus à gagner du temps qu'à obtenir une vraie réponse.

– Parce que c'est son nom.

Il a haussé les épaules, mordillant sa lèvre inférieure d'une drôle de façon.

– Tu veux dire qu'à sa naissance, sa mère l'a baptisé le Rayonnant ?

J'ai roulé des yeux en pianotant sur ma jupe écossaise.

– Tu m'étonnes qu'il soit encore là à jouer les fantômes ! Il est furax ! Il veut une seconde chance, et surtout un prénom plus sympa. Ce n'est pas sa faute. Le pauvre môme a tiré la mauvaise pioche la première fois.

Bodhi m'a regardée du coin de l'œil, visiblement pas amusé.

– Personne ne connaît son vrai nom, ni même d'où il vient. Tout ce qu'on sait de lui, c'est ce que ça fait des centaines d'années qu'il terrorise les gens du coin. Comment et pourquoi, ça reste un mystère, et c'est là que tu vas intervenir.

Bodhi s'est tourné vers moi, observant avec curiosité ouvertement mes yeux exorbités et mon air ahuri. Guide, chef, prof, entraîneur, quel que fût son rôle ou l'autorité qu'il prétendait avoir sur moi, je doutais sincèrement qu'il ait le pouvoir d'élargir ma définition de poste comme ça. Le Conseil avait déjà décidé que j'allais être formée en tant que « Passeur d'âmes », une personne chargée de retrouver les âmes égarées sur Terre et de les ramener au bercail. C'est tout. Il n'avait jamais été question d'enquêter sur leur histoire personnelle, leurs mobiles, ou de résoudre la moindre énigme.

– Aux dernières nouvelles, j'avais pour mission de l'amener au pont, ni plus ni moins.

Avant que ça n'aille plus loin, je voulais que Bodhi sache que même s'il me ridiculisait en skateboard, je n'étais pas du genre à me laisser faire.

Il a souri. Enfin, presque. Ses lèvres se sont soulevées un tout petit peu à la commissure, avant de retomber d'un coup.

– Mais, dis-moi, comment est-ce que tu comptes y arriver, sans d'abord gagner sa confiance ?

Ma gorge s'est brusquement serrée. Ça, je n'y avais pas trop réfléchi. En fait, je n'avais pas réfléchi à grand-chose au-delà du fait que je retournais sur Terre. Maintenant que j'y étais et que je prenais conscience de l'énormité de ma tâche, eh bien, disons que ma nouvelle école commençait un peu à me manquer, y compris Persée, Pom-pom girl, le type en tunique et tout ce qui allait avec.

Subitement, je me sentais toute petite et incompétente, pas sûre d'être vraiment équipée pour gérer tout ça.

Et ce n'était pas Bodhi qui allait me faciliter les choses. Il a continué son blabla, comme les narrateurs de ces documentaires soporifiques qu'on vous fait regarder à l'école les jours de pluie.

– On sait que ce fantôme est blond, qu'il brille d'une lumière aveuglante dans l'obscurité, et toutes les légendes s'accordent à dire que son apparition est un mauvais présage. Cela dit, au cours du siècle dernier, il semble que cette opinion ait été démentie, puisque de nombreuses personnes l'ont rencontré et qu'aucune d'entre elles, du moins pour l'instant, n'a été… victime du sort, si je puis dire. De plus, d'autres rumeurs affirment qu'il serait allemand, et peut-être même que sa mère l'aurait assassiné ; mais là encore, ce ne sont que des suppositions. Ce que je peux te dire avec certitude, c'est que plusieurs récits mentionnent des Rayonnants hantant des châteaux des comtés du Cumberland et du Northumberland ; mais à mon avis, ce sont tous des imposteurs, un mensonge lancé par les propriétaires pour rivaliser avec Warmington et essayer de se faire connaître en attirant la clientèle. Sans parler de…

– Attends, quels comtés, tu dis ?

J'essayais encore de gagner du temps. Pitoyable, je sais.

– Des comtés anglais, pas très loin. En tout cas, on dit aussi que…

– Quoi ? On est en *Angleterre* ?

Je l'ai regardé, les yeux brillants d'excitation. C'était la première bonne nouvelle de la journée ! Bodhi a acquiescé, impatient de continuer sa conférence, mais ça ne m'intéressait pas. J'étais encore bloquée sur cette annonce : je venais d'effectuer mon premier voyage à l'étranger !

– Dis, est-ce qu'on pourra visiter Londres ? Enfin… quand on aura amené le fantôme sur le pont ?

Discrètement, j'ai croisé les doigts dans mon dos pour qu'ils disent oui, car dans ce cas, tout ça en vaudrait vraiment la peine. Ce serait méga, super cool.

Bodhi a froncé les sourcils, de plus en plus agacé.

– Ouais, si tu veux. Mais d'abord, sois attentive. Il faut que tu comprennes à qui tu as affaire ici. Sans parler du fait qu'il n'est pas question d'« amener » qui que ce soit nulle part. Tu devras le convaincre, le lui faire traverser de son plein gré.

C'était drôle, quand même, tantôt il ressemblait à n'importe quel gamin de quatorze ans sortant des formules comme « trop marrant », tantôt il était sérieux et méthodique et employait des tournures soutenues ; dernier exemple en date : « de son plein gré ». Appréciant moi-même un peu de variété dans mon vocabulaire, j'ai donc décrété que sur ce point je l'aimais bien.

Mais uniquement sur ce point.

J'ai levé les yeux vers le château, cédant à l'impatience.

J'allais découvrir Londres !

Berceau d'Orlando Bloom, de Daniel Radcliffe, des princes William et Harry, sans oublier le groupe préféré de mon père, les Beatles (oui, bon, techniquement ils étaient originaires de Liverpool, mais pour moi c'était presque pareil, question distance).

Il me suffisait de déloger le fantôme de ce château, et à moi la capitale anglaise ! Je devais juste convaincre un fiston dorloté par sa mère et au prénom regrettable, qui refusait de quitter sa belle maison avec ses beaux jardins, ses fontaines et ses tourelles, d'aller s'installer ailleurs ; autrement dit, dans une école *a priori* très bizarre, qui dresse des bilans existentiels embarrassants.

À cet instant, j'ai compris que j'en étais capable. Fastoche ! J'avais toute la motivation nécessaire. Sans rire, j'étais subitement si sûre de moi que j'avais de l'assurance à revendre.

Au point que j'ai interrompu le discours interminable de Bodhi.

– Bon, venons-en à l'essentiel. À quoi est-ce que je dois m'attendre exactement ? Et quel âge a ce gosse, au fait ?

Je me disais qu'il valait mieux établir un plan avant de passer à l'action, et le fait de savoir son âge m'indiquerait de quelle façon l'aborder.

Soit il était plus jeune que moi, et donc moins effrayant ; peut-être même totalement inférieur dans tous les sens du terme ; soit il était plus âgé, et bon, me donnerait un peu plus de fil à retordre, mais rien d'insurmontable, c'était sûr.

– J'en sais rien, a soupiré Bodhi. Personne ne le sait. Ce gosse est une véritable énigme, un mystère total. Mais certains disent qu'il a l'apparence d'un enfant de dix ans.

– *Dix... ans ?* j'ai répété en bafouillant.

Du regard, j'ai fait l'aller-retour entre le château et Bodhi, Bodhi et le château. J'avais du mal à croire que j'avais autant de chance ! Ce gamin, cette terreur de fantôme n'avait que *dix* ans ?

– Bah voyons !

J'ai ri, secouant la tête et levant les yeux au ciel avec exagération pour la circonstance.

– Je me souviens très bien comment j'étais à dix ans.

D'attaque, j'ai soufflé sur la frange qui me tombait dans les yeux, redressé les épaules et ajusté ma jupe.

– Bon, où est-ce qu'il est, le petit monstre, que je m'occupe de lui ? Il n'y a pas de temps à perdre, j'ai une excursion à Londres qui m'attend !

Bodhi m'a regardée, l'air de peser le pour et le contre de quelque chose. Puis, rejetant clairement l'idée, quelle qu'elle fût, il a haussé les épaules.

– D'accord, on va faire les choses à ta façon. Du moins pour l'instant. Suis-moi.

douze

Caramel et moi l'avons suivi dans un grand jardin, coupant par un sentier bordé de haies soigneusement taillées qui constituait un labyrinthe assez compliqué pour ceux qui, contrairement à nous, n'avaient pas la faculté de passer directement au travers. Ensuite, arrivés devant l'épaisse façade en pierre, on est ressortis de l'autre côté, dans une gigantesque salle très haute sous plafond, ornée de grands vitraux, de tapis usés jusqu'à la corde, de chandeliers poussiéreux, et d'environ une tonne de vieilleries, des antiquités que je supposais d'une valeur inestimable.

– À ce qu'on dit, son repaire, c'est la chambre bleue, a chuchoté Bodhi, alors qu'on était seuls et que personne ne pouvait nous entendre.

Il a examiné les lieux d'un air agité, jusqu'à repérer un immense escalier biscornu. Alors il a posé son skate par terre et s'est élancé.

– Ne me dis pas qu'il y a tellement de chambres

qu'ils sont obligés de leur donner un code de couleurs ! ai-je lancé dans son dos.

J'avais visité pas mal de résidences de stars durant les premiers jours de ma mort, mais jamais un vrai château, jamais un lieu aussi vaste et extraordinaire que celui-ci.

Bodhi, qui était déjà au premier palier, s'est contenté de me faire un signe de tête vers la droite.

– Si je me souviens bien, c'est par là, troisième porte à gauche.

Je me suis figée tout net. Ça, ça ne me plaisait pas. Mais alors, pas du tout.

– Comment ça, *si je me souviens bien* ?

Je l'ai observé attentivement pour essayer de déceler un signe révélateur, un tic nerveux qui le trahirait, comme une paupière qui saute, un genou crispé, n'importe quoi. Mais hormis cette façon qu'il avait de se mordiller la lèvre du bas, rien. Il est resté de marbre. Parfaitement indéchiffrable. Refusant de révéler quoi que ce soit.

– Tu veux dire que tu es déjà venu ici ?

J'ai continué à le sonder, persuadée qu'il me cachait quelque chose, un détail qui pourrait bien m'être utile, ne serait-ce que plus tard, et j'étais bien décidée à le faire parler.

– Tu es venu pour le Rayonnant ? On t'a envoyé ici pour le convaincre de partir ? Est-ce que ça signifie que tu as échoué ? Tu n'as pas pu…

J'ai levé les mains pour ajouter des guillemets imaginaires à la fin de ma phrase.

… « Convaincre un gamin de dix ans de franchir le pont » ?

Il m'a dévisagée, sans pour autant que son regard le trahisse.

– C'est une longue histoire, Riley. Une histoire que je n'ai vraiment pas le temps de te raconter si tu tiens à visiter Londres.

Il pouvait prendre un ton cassant et archidédaigneux, ça ne prenait pas avec moi. Je l'avais démasqué, je pouvais en mettre ma main à couper (au sens propre comme au figuré).

Il avait échoué, là où j'allais briller.

Vous parlez d'un guide !

– D'accord...

Il a soupiré, l'air résigné à se confier un tout petit peu.

– Disons juste que tu n'es pas la première à tenter le coup avec ce gosse. Beaucoup ont essayé au cours des dernières années ou plutôt… des siècles passés. Ce qui signifie que la barre est placée vraiment très bas, et que personne ne s'attend à un miracle de ta part. Heureusement, parce que je te parie dix dollars qu'à la seconde où tu le vois, tu ressors en hurlant.

– Dix dollars ?

J'ai roulé des yeux, rejetant ma crinière blonde en arrière.

– Pff, aucun intérêt. Je peux faire apparaître des montagnes de billets de dix quand je veux, où je veux, comme toi. Quitte à parier, autant miser sur quelque chose qui en vaille vraiment la peine. Allez, vas-y : fais-moi une offre qui me donne envie de me battre !

Les yeux mi-clos, il a esquissé une moue malicieuse.

– Pourquoi pas Londres ? Convaincs notre fantôme de partir, et le voyage est à toi. Sinon…

Haussant les épaules, il a laissé sa phrase en suspens, même si son sens était très clair.

J'ai aussitôt fait signe que non, on était déjà convenus d'y aller. Pour ça, il me suffisait d'accomplir ma mission. Alors, pas question qu'il change les règles maintenant. Pas après qu'elles ont été fixées.

Il s'est retourné pour essayer de dissimuler le sourire qui lui fendait les joues. Je le devinais sans même le voir. Mais quand il s'est retourné, ce sourire avait disparu. Un air profondément sceptique l'avait remplacé.

– D'accord, tu ne ressors pas en hurlant, tu réussis là où tous les autres ont échoué, tu fais passer le Rayonnant de l'autre côté du pont, et je te montre comment voler jusqu'à Londres. Marché conclu ?

J'ai bien vu dans son regard qu'il était fier de lui. Certain que ça n'arriverait jamais, que j'allais me planter lamentablement sur toute la ligne, et qu'il pensait ne rien avoir à perdre.

Pas de problème. En tant que cadette de la famille, j'avais l'habitude d'être sous-estimée, et j'adorais prouver à tous qu'ils avaient tort.

– Et Caramel ? Il pourra voler, lui aussi ?

Bodhi nous a observés tour à tour, mon chien et moi, et a acquiescé d'un haussement d'épaules.

– Alors marché conclu, j'ai déclaré en ramenant une mèche derrière mon oreille.

Prête pour la bataille, je considérais que le détail pourrait être discuté plus tard.

On a remonté le couloir côte à côte, jusqu'à ce que Bodhi s'arrête brusquement.

– Voilà, on y est.

Il a pointé du doigt une lourde porte joliment peinte, située à quelques mètres de nous.

– La chambre bleue. L'antre de ton nouvel ami.

– D'un môme de *dix ans*, oui, j'ai marmonné.

Je m'apprêtais à passer la porte, quand Bodhi a agité le bras vers moi d'un geste hésitant, avant de le laisser retomber mollement et d'abandonner son air sérieux pour une autre attitude plus amicale.

– Écoute, Riley…

En me retournant, j'ai surpris une vraie lueur d'inquiétude dans ses yeux.

– Ce… ce n'est pas ce que tu crois. Cette histoire n'est pas aussi simple. Il y a plein de choses que tu devrais savoir avant d'entrer dans cette pièce.

Peu importe sa sincérité. J'ai soupiré en levant encore les yeux au ciel, pensant que ce n'était qu'une tactique de plus pour me faire craquer ou perdre du temps. Qu'il était désormais prêt à tout pour s'assurer de remporter ce coup-là, et pour me priver d'une leçon de pilotage qu'il ne me donnerait clairement qu'à contrecœur.

– C'est un fantôme. Il a dix ans. Il répond à un prénom super bizarre dont il est peut-être ou peut-être pas responsable – ça reste à voir –, et je dois le convaincre de quitter les lieux, voilà ! j'ai récapitulé en dépliant un doigt à chaque point cité, le pouce enfoncé dans la paume. Sérieusement, qu'est-ce que ça a de si difficile ? Qu'est-ce qu'il peut me faire, au pire ? Aucun risque qu'il me tue, pas vrai ? Bon, maintenant que ça, c'est dit, tu veux bien me laisser passer ? J'aimerais vraiment rayer cette corvée de ma liste, j'ai un cours de pilotage qui m'attend.

Bodhi m'a fixée un bon moment, d'un air dur et réprobateur. Puis il a secoué la tête et m'a repoussée d'un geste. Peut-être en marmonnant *bonne chance*, qu'il m'attendrait dans le couloir au cas où j'aurais besoin d'aide, ou peut-être pas.

Je ne le saurai jamais.

J'étais déjà partie.

Caramel et moi avions franchi la porte de la chambre bleue.

treize

La première chose que j'aie vue en entrant dans la pièce…

Non, oubliez ça. Parlons plutôt de ce que je n'ai *pas vu*.

À savoir, ni le Rayonnant ni la chambre bleue.

En fait, rien dans cette pièce ne s'apparentait à une couleur qu'on pourrait qualifier de « bleue ».

Je dirais plutôt que j'avais pénétré dans la chambre jaune.

La lumière était si vive et dorée que j'avais mal aux yeux, rien que d'être là.

– Déjà de retour ? m'a lancé Bodhi.

Il était appuyé paresseusement contre la rampe d'escalier, dans une posture indolente, mâchonnant une longue paille verte du genre de celles qu'ils donnent chez Starbucks, plutôt que de s'en prendre à la lèvre du bas qu'il mordillait encore quelques minutes plus tôt. Il m'a observée, apparemment pas du tout surpris que j'aie déjà jeté l'éponge.

Seulement, je n'avais pas renoncé.

Oh, que non !

Au contraire, j'avais même bien cerné son petit jeu.

Il essayait encore de me manipuler psychologiquement. Allant jusqu'à m'envoyer dans la mauvaise chambre.

Vous parlez d'un guide.

Pas grave. De toute façon, je n'avais pas besoin de ses conseils. Au fond, quelle aide pourrait-il m'apporter, alors que de toute évidence, il essayait de saboter ma mission ?

Il avait tellement peur que je réussisse ce qu'il avait misérablement raté, qu'il était prêt à tout pour me mettre des bâtons dans les roues.

Ras le bol. J'ai décidé que dès mon retour, la première chose que je ferais serait d'aller trouver Aurore, ou un autre membre du Conseil si elle n'était pas disponible, et d'exiger un nouveau guide. Ou, mieux encore, on inverserait les rôles et *je* deviendrais le guide de Bodhi. Ma priorité serait de le relooker de la tête aux pieds. J'insisterais pour qu'il laisse tomber les lunettes, les fringues, pour qu'il se fasse faire une nouvelle coupe… Et ce n'était qu'un début. Ensuite, une fois cet aspect réglé, quand ce ne serait plus la honte d'être vue en sa compagnie, alors là, on verrait…

– Ne t'emballe pas, je n'ai pas dit mon dernier mot ! lui ai-je lancé en m'éloignant dans le couloir avec Caramel. Tu m'as envoyée dans la mauvaise chambre, mais ça, tu le sais déjà. Surtout, ne bouge pas ! Tu vas avoir besoin de toute ton énergie pour voler jusqu'à Londres, alors reste où tu es. Je ne vais pas tarder à débusquer cette petite terreur et à l'expédier dans l'Au-delà, pour qu'on puisse enfin se mettre en route.

J'ai passé la tête par plusieurs portes, et après avoir entraperçu une chambre verte, une blanche et une rose, je l'ai finalement trouvée.

Ce n'était pas le Rayonnant ; lui, restait introuvable. Mais une profusion de bleu. Et quand je dis profusion, c'est profusion. Un véritable océan. Des kilomètres d'un même tissu azur utilisé pour la confection des rideaux, des oreillers, des couvertures ; même le petit ensemble sofa et fauteuil bergère en était recouvert ; et les murs, peints d'une teinte assortie, étaient quasi identiques.

Du bleu, du bleu partout, j'étais submergée de bleu. Et en regardant Caramel qui était occupé à renifler aux quatre coins de la pièce, je n'ai pas pu m'empêcher de me demander ce qu'il avait pensé des précédentes pièces. Si le fait d'être mort l'avait, d'une certaine façon, guéri de cette incapacité canine à distinguer la plupart des couleurs comprises dans le spectre.

Mais s'il était clair qu'on était dans la bonne pièce, point de petite terreur de dix ans en vue. Ni rien qui y ressemble, de près ou de loin.

Hormis Caramel et moi, il n'y avait pas âme qui vive dans la chambre (c'était le cas de le dire).

C'est justement le problème avec les fantômes : contrairement à ce qu'on croit souvent, ils ne squattent pas toujours au même endroit. Bien sûr, chacun a ses préférences et des routines immuables, des lieux de prédilection où il aime à s'attarder en particulier et où il rejoue son sempiternel numéro. Mais pour la grande majorité, il n'y a pas de frontières. Ils peuvent aller où ils veulent, quand ils veulent. Rien ne les retient, ils n'ont qu'à choisir leur destination. J'en sais quelque chose, j'ai été l'un d'eux.

Cela dit, je n'allais pas pour autant me lancer dans une chasse au fantôme effrénée, car à vue de nez, il y avait au moins une centaine de pièces dans ce château. Étant donné qu'il allait bientôt faire nuit, et que Bodhi avait mentionné que notre petit gars aimait bien ficher la frousse aux visiteurs, je me suis dit que le mieux à faire, le meilleur moyen d'économiser mes forces serait d'attendre simplement que le soleil se couche et qu'on soit plongés dans l'obscurité pour qu'il entame son festival de l'épouvante.

S'il y avait une chose dont j'étais certaine, c'est que les garçons de dix ans étaient bien tous pareils. Morts ou vifs, même combat : ils étaient tous casse-pieds et dégoûtants, de vrais petits démons qui adoraient tourmenter les autres. Et j'avais cru comprendre que celui-là ne faisait pas exception.

J'ai grimpé sur le grand lit à baldaquin ; il était si haut perché qu'ils avaient prévu un petit marchepied pour se hisser dessus. Puis j'ai disposé les oreillers exactement comme je les aime, et tapoté le couvre-lit pour inviter Caramel à sauter près de moi. Une fois installés, on a attendu. Si longtemps qu'on est tous les deux tombés dans un profond sommeil, silencieux et paisible.

Jusqu'à ce que quelqu'un ait le culot de se glisser dans le lit, à côté de nous.

Au début, quand j'ai senti le matelas s'enfoncer un peu et remuer, j'étais tellement à fond dans mon rêve que je n'y ai pas vraiment fait attention. Mais quand les ronflements ont commencé à m'encercler, j'ai brusquement ouvert les yeux et tourné la tête à droite, me retrouvant nez à nez avec un gros monsieur aux sourcils broussailleux et pour ainsi dire secoué par ses propres ronflements. Puis, en tournant la tête à gauche, même vision, cette fois d'une femme aux sourcils un peu moins touffus (mais pas beaucoup).

J'étais coincée.

Prise en sandwich entre deux ronfleurs plutôt costauds, que je n'avais jamais vus de ma vie.

J'étais si déconcertée que… je n'ai pas pu me retenir : j'ai ouvert la bouche et laissé un cri retentissant s'en échapper. Ça a aussitôt réveillé Caramel qui a pointé la truffe vers le plafond et s'est mis à aboyer comme un dingue. Il m'a regardée, les oreilles dressées et la queue fouettant l'air dans tous les sens, attendant la suite des instructions, persuadé que c'était un jeu.

Mais ce n'en était pas un.

Ça, non.

Réveillée en sursaut et complètement perturbée, j'avais crié si fort que je voyais d'ici Bodhi en train de faire une ridicule petite danse de la victoire dans le couloir, sa paille pendillant au coin de la bouche alors qu'il se tapait dans la main, tout content de lui.

– Génial.

J'ai marmonné en tapotant la tête de Caramel pour essayer de le calmer, même si je savais que le couple endormi ne pouvait pas nous entendre, sauf si on y tenait vraiment, mais à vrai dire, la plupart du temps, même dans ces cas-là, ça ne marche pas. Seules les rares personnes réellement capables d'« écouter » les morts peuvent nous entendre, et elles existent, ça, j'en suis sûre.

– Vraiment, c'est super.

Secouant la tête avec agacement, je me suis glissée jusqu'au pied du lit, croisant les doigts pour que le Rayonnant se dépêche de se montrer, afin que je puisse enfin le neutraliser et en finir avec toute cette histoire.

Je me suis dirigée vers la coiffeuse pour examiner les affaires des ronfleurs, cherchant à comprendre ce qu'ils faisaient ici. J'ai soulevé le bouchon d'un flacon d'eau de Cologne qui dégageait une odeur d'aiguilles de pin pourries (beurk), avant de humer un autre parfum juste à côté, un mélange ignoble de naphtaline et de vieil arbuste séché (double beurk). J'ai été si surprise par cette puanteur que le flacon m'a accidentellement glissé des doigts, dégringolant dans un horrible bruit sourd.

Enfin, disons plutôt un enchaînement de bruits sourds. Figée par la panique, je l'ai regardé ricocher sur le sol à travers la pièce, avec Caramel qui cavalait après.

J'ai jeté un œil au couple endormi, consciente que même s'ils ne pouvaient ni nous entendre ni nous voir tant qu'on ne l'avait pas décidé, tant qu'on ne se servait pas de leur propre énergie vitale pour apparaître devant eux, rien ne les empêchait d'entendre un objet inanimé se fracasser par terre. Et à la façon dont ils ont remué, j'ai su qu'ils l'avaient plus ou moins perçu, mais qu'ils n'avaient pas l'intention de se réveiller pour ça.

J'étais passée à l'examen de leurs valises pleines à craquer, curieuse de voir quels vêtements ils avaient emportés pour une escapade dans un château hanté, quand Caramel, toujours en extase devant le flacon de parfum, avec un magistral coup de patte, l'a envoyé valser à l'autre bout de la pièce. La fiole s'est écrasée contre le mur, et s'est brisée en mille morceaux pestilentiels.

– Bien joué, Caramel.

Je lui ai fait les gros yeux en poussant un soupir.

– Bravo.

Il a rentré la queue et baissé la tête, conscient qu'il avait fait une bêtise et n'osant plus approcher. Je m'apprêtais à faire apparaître une laisse, sachant très bien qu'il détestait ça, mais que manifestement ça devenait indispensable, quand j'ai entendu un *clic*.

Suivi d'un léger ronronnement.

Et d'un chuchotement nerveux :

– Tu crois que tu l'as eu ?

Tournant la tête, un tee-shirt blanc à l'effigie de l'Union Jack serré dans la main, je me suis retrouvée face à face avec les deux aventuriers, alias les époux qui m'avaient prise en sandwich quelques instants plus tôt. Ils étaient assortis l'un à l'autre dans leurs sweat-shirts vert sapin, sur le devant desquels on pouvait lire *Communauté internationale de chasseurs de fantômes de Pennsylvanie*, en grosses lettres blanches.

Le mari tenait une sorte d'appareil enregistreur qui semblait le mettre en transe, tandis que la femme braquait une caméra d'une main mal assurée. Ils avançaient à pas de loup dans ma direction, bien décidés à filmer une séquence en direct de…

Je crois…

Moi.

Accroupie au ras du sol, le tee-shirt pendillant encore au bout des doigts, j'ai pris conscience que je venais d'être surprise en train de fouiller honteusement dans leurs affaires.

Je me suis mise à jeter des coups d'œil nerveux autour de moi, mesurant alors l'ampleur de ce qui se passait concrètement : on m'avait non seulement surprise à fouiner, mais aussi à hanter par inadvertance une pièce déjà hantée que j'avais eu l'intention de « dé-hanter ».

Je ne pouvais rien y faire. Il n'était pas question que je parte. J'étais obligée de rester dans cette chambre bleue, jusqu'à ce que je trouve le moyen d'atteindre mon objectif. Sinon, Bodhi ne me laisserait jamais aller à Londres et me rebattrait les oreilles de mon échec.

– Caramel !

Sifflant mon chien, j'ai lâché le tee-shirt, et les ai entendus tous deux retenir leur souffle en le voyant tomber manifestement tout seul dans le vide. J'avais décidé de continuer de chuchoter, mais comme ils sont restés bouche bée devant leur magnéto et les gribouillis qui oscillaient dans tous les sens sur l'écran, il était clair que même s'ils ne pouvaient ni me voir ni m'entendre, l'appareil n'en perdait pas une miette.

– Au pied, tout de suite ! j'ai lancé en serrant les dents.

Une fois de plus, j'étais agacée par la façon dont mon chien avait bondi vers eux, leur reniflant et léchant les mains comme s'il venait de retrouver de vieux copains perdus de vue depuis longtemps.

Il est revenu vers moi la queue basse entre ses pattes, plongeant ses grands yeux marron dans les miens.

– J'aime mieux ça.

Tout en lui grattant le museau pour lui montrer que j'étais plus contrariée qu'en colère, j'ai vu le couple lever les mains et s'examiner les doigts sur lesquels Caramel venait de baver, puis se tourner l'un vers l'autre, en fronçant leurs sourcils touffus, l'air de dire : *tu as senti ?*

– C'est à moi que tu dois rester fidèle, pas à eux. Quoi qu'il arrive à partir de maintenant, il faut que tu restes à mes côtés, d'accord ? On ne doit pas prendre de risques... Il faut juste que je trouve comment nous sortir de là avant qu'ils...

La femme s'est approchée de moi furtivement. Ses gros pieds nus étaient criblés de cors et d'oignons, et son vernis tellement écaillé que par comparaison mes ongles semblaient tout juste sortis de chez la manucure. Hissée sur la pointe des pieds, elle a traversé le tapis à pas de loup, braquant devant elle sa caméra, dont le léger ronronnement était le seul son perceptible dans la pièce. À mon avis, elle ne devait filmer qu'une succession d'images vacillantes, vives et blanches, avec un point lumineux assez petit, voire carrément minuscule. D'après toutes les émissions que j'avais pu voir à la télé sur les fantômes, les apparitions et autres, ces appareils en général n'en détectaient guère plus.

– Il n'est pas seul, a-t-elle chuchoté en faisant signe à son mari dans son dos. Il y a du monde avec lui, quelqu'un de plus petit, comme s'il était accroupi.

Hein ?

J'ai plissé les yeux d'un air renfrogné, amenant Caramel à se rapprocher davantage de moi. Puis j'ai tiré sur ma jupe et passé la main dans mes cheveux pour arranger ma coiffure, jusqu'à ce qu'elle « fasse » un peu plus net, un peu plus fille, hyper vexée d'avoir été confondue avec un garçon de dix ans.

– C'est vraiment lui ? Le Rayonnant ? a lancé le mari, haussant le ton sur les derniers mots, dans un mélange convaincant d'excitation et de crainte.

– Oui, a-t-elle confirmé d'une voix ferme, bien qu'une légère incertitude subsistât dans ses yeux. En tout cas, ça y ressemble beaucoup. Mais il est accompagné, je te dis... En fait, ils sont deux Rayonnants !

Oh, purée !

Consternée, je suis restée accroupie tandis qu'elle continuait de se rapprocher tout doucement.

Vous parlez d'une chasseuse de fantôme. Confondre une jolie blondinette et son adorable golden retriever avec non pas un, mais deux morveux... N'importe quoi !

– Essaie de leur parler... d'établir un contact, a suggéré son mari.

Il ne quittait pas des yeux l'écran de son magnéto portatif, impatient de revoir les lignes osciller.

– Demande-leur pourquoi ils sont ici, peut-être même ce qu'ils veulent. Demande s'ils souhaitent qu'on transmette un message de leur part.

À l'entendre, on aurait dit que la communication passerait uniquement si c'était elle qui posait les questions. Comme si elle disposait d'une botte secrète pour parler aux disparus.

Le mari s'est approché, attrapant d'une main la caméra qu'elle lui passait par-dessus l'épaule et continuant de faire tourner le magnéto de l'autre. Il a regardé sa femme avancer encore, lissant d'un geste son jogging vert tout froissé, mais se fichant royalement de ses cheveux hirsutes, qui, à sa place, m'auraient beaucoup plus gravement préoccupée.

– Aimeriez-vous qu'on transmette un message de votre part ? Est-ce qu'on peut faire quelque chose pour vous ? a questionné la femme.

Alors qu'elle s'accroupissait, ses genoux ont craqué avec une telle violence que j'en ai sursauté. J'ai reculé contre le mur, mais son visage se rapprochait dangereusement du mien.

– Oui, j'ai répondu, retrouvant la voix et hochant énergiquement la tête. Ça me ferait vraiment plaisir si vous pouviez remballer votre matériel et partir, pour que je puisse enfin me charger *seule* du Rayonnant ! Vous savez, celui pour qui vous êtes venus exprès ici ? Sérieusement, dégagez, qu'on en finisse !

Je lui ai lancé un regard mauvais, car forcément, je savais qu'elle ne bougerait pas d'un iota. Pas tant que Caramel et moi lui procurerions sans le vouloir le frisson de sa vie, même si en théorie aucun de nous deux ne pouvait être considéré comme un fantôme ou une âme errante, puisqu'on était seulement en mission ici, et qu'on n'avait pas prévu de rester : une petite précision, quand même de taille, qui n'avait aucune prise sur elle.

Sans bouger, j'ai poussé un grand soupir bruyant, et suis restée indifférente en la voyant se tourner vers son mari et remuer le menton, les yeux écarquillés.

– Tu as senti ça ? Juste à l'instant ? Cette bouffée d'air froid ?

Il a acquiescé d'un signe de tête, suivant du regard la trajectoire précise que formaient la caméra, le magnétophone, le regard affolé de sa femme, et de nouveau la caméra.

– Tu filmes tout, hein ? a-t-elle insisté.

Elle s'est relevée d'une façon qui a encore fait craquer ses genoux, et qui nous a arraché une grimace à Caramel et moi.

– Oui, oui, a marmonné le mari. C'est dans la boîte.

Il a souri, le regard brillant.

– Fabuleux !

Elle rayonnait de joie, les joues rouges d'excitation, et les cheveux dans le même état qu'au saut du lit, quasi dressés sur la tête.

Ce spectacle me rendait dingue.

Non seulement j'allais faire l'objet d'une vidéo postée sur le pauvre site Web familial de chasseurs de fantômes de pacotille, mais en plus, je n'avais toujours pas vu le Rayonnant. Et tant que le couple continuerait son numéro, il était clair que ce ne serait pas demain la veille.

M'écroulant contre le mur, je leur ai lancé un regard furieux en espérant qu'il apparaîtrait en gros plan parmi les autres séquences. La femme s'est approchée, puis immobilisée juste devant l'endroit où Caramel se tenait au ras du sol. Brusquement, il est passé en mode chien de garde et a lâché un grognement sourd et menaçant.

– Quoi ? Tu veux me faire croire que maintenant, ce n'est plus ta copine ? Je te rappelle que tu lui léchais les mains il n'y a pas cinq minutes. Tu as oublié, peut-être ?

Mais juste après avoir prononcé ces mots, j'ai pris conscience que ce n'était pas après la femme qu'il en avait.

Il y avait quelqu'un derrière elle et son mari.

Quelqu'un qui s'approchait tout doucement derrière leur dos.

Qui émettait une lumière si vive, que toute la pièce s'est éclairée.

Quelqu'un qui *rayonnait*. Littéralement. Il n'y avait pas d'autre mot.

quatorze

La pièce tremblait sur son passage.

Des objets volaient dans tous les sens.

Talonnés par Caramel, les deux chasseurs de fantômes ont bondi vers la porte, laissant tomber leur matériel et abandonnant leurs affaires sans hésiter une seconde, le cri perçant du mari résonnant encore longtemps après leur départ.

Je me suis retrouvée seule face au Rayonnant, pendant qu'à peu près tout ce qui n'était pas cloué au mur ou ne pesait pas quatre-vingt-dix kilos minimum voltigeait à travers la pièce, précisément dans ma direction.

Une chaise a failli me découper en rondelles.

Et une lampe, me décapiter.

Des chaussettes de contention grisâtres, aussi trouées aux orteils qu'aux talons, sont brusquement sorties de la valise du couple et se sont précipitées autour de mon cou, bien décidées à m'étrangler.

Tout tourbillonnait au souffle frénétique d'un vent de tempête, qui n'avait rien à envier aux tornades du Midwest, et qui n'a pas faibli un instant, pas tant que le contenu entier de la pièce n'a pas été cassé, renversé, ou éloigné de son emplacement d'origine.

Je me suis recroquevillée contre le mur, esquivant de peu un sèche-cheveux fou sifflant et vrillant devant moi comme un serpent venimeux. Je n'osais ni fermer les yeux de peur de rater quelque chose ni les garder ouverts, de peur de ce que je risquais de voir. Plissant les paupières face aux rafales de débris, j'ai croisé le regard mauvais du Rayonnant, et aussitôt regretté de ne pas avoir attrapé au vol la queue de Caramel pour filer quand il en était encore temps.

C'était trop tard maintenant. Je n'avais plus qu'à faire face. Si je voulais voir Londres, apprendre à voler, ou même avoir le courage d'affronter à nouveau Bodhi, je ne devais pas bouger, quel que soit ce qui m'attaquerait.

Ou ce qui m'arriverait.

Triplant de taille en une poignée de secondes, le Rayonnant s'est dressé, menaçant, au-dessus de moi. Ses boucles blondes, encore souples et vigoureuses quelques instants plus tôt, se sont transformées en serpents à trois têtes agressifs et furieux, tandis que son corps projetait un éclat si vif que j'ai eu toutes les peines du monde à ne pas me couvrir le visage. Ses yeux, deux terribles abîmes de colère incendiaire qui ne me quittaient pas, fulminaient de façon sinistre, et encore, ce n'était rien comparé à sa bouche, ce trou noir infini, cet abysse sans fond, ouvert si grand que j'étais sûre et certaine qu'il n'allait faire qu'une bouchée de moi.

J'ai serré les lèvres de toutes mes forces, voulant à tout prix résister à l'envie de hurler. Les yeux rivés sur ce monstre alors qu'il se rapprochait dangereusement, j'ai pris conscience que c'était la chose la plus terrifiante que j'aie jamais vue et de ma vie et de ma mort. Y compris dans mes pires cauchemars, à la télé – et même dans les films qui n'étaient pas de mon âge – mais que je regardais quand même.

Jamais je n'avais affronté quelqu'un d'aussi effrayant.

Son regard me foudroyait avec une telle intensité que je pouvais sentir sa chaleur torride, incandescente, tandis que sa bouche aspirait pour ainsi dire toutes les particules d'air de la pièce.

Nouvelle certitude : ça ne valait vraiment pas une excursion à Londres.

Quant au cours de pilotage, franchement, pas de quoi en faire un plat.

Mais alors que, de biais, je glissais un pied le long du mur dans l'espoir de m'échapper, j'ai pensé à Bodhi.

Au sourire narquois qu'il m'adresserait à coup sûr à la seconde où il me verrait dans le couloir, les yeux exorbités et morte de peur.

J'ai pensé à l'échec, et au sentiment horrible que ça me laisse toujours.

Là, j'ai compris que c'était hors de question.

Je n'avais pas le droit de me dégonfler aussi facilement.

Du moins pas avant de m'être battue comme il le fallait.

Peu importe ce qui m'arriverait ou ce que le Rayonnant essaierait de faire, il fallait que j'en vienne à bout.

J'ai fait volte-face, les mains sur mes hanches et les épaules redressées, puis j'ai rassemblé mon courage pour lui dire ses quatre vérités :

– Bon ! Tu essaies de prouver quoi au juste, là ?

Intérieurement, je priais pour qu'il ne voie pas à quel point je tremblais comme une feuille.

Il s'est glissé plus près, les yeux brillants de démence, ouvrant la bouche encore plus grand (je n'aurais même pas imaginé que ce soit possible), réduisant l'écart entre nous à une vitesse incroyable. Alors que je sentais presque mes sourcils roussir sous son regard cuisant, il s'est penché vers moi en agitant les serpents échappés de sa tête. Libérés par centaines, des reptiles à trois têtes aux yeux rouges et visqueux se sont mis à se tortiller vers moi, essayant avec hargne de me planter leurs crocs tranchants dans la peau.

J'ai bondi vers le canapé et sur la table basse, me maintenant en équilibre sur la surface de marbre lisse, tandis qu'ils se dispersaient tout autour. Ils se sont multipliés si vite que le parquet brillant qui se trouvait sous mes pieds une seconde plus tôt est devenu totalement invisible, transformé en une gigantesque marée sifflante.

J'avais beau essayer de rester calme, de ne pas oublier que j'étais déjà morte, que quels que soient leurs efforts ils ne pouvaient pas vraiment me blesser, il n'y avait rien à faire. Impossible de surmonter ma peur.

Cet océan de serpents était sans fin.

Mon pire cauchemar devenu réalité, pour ainsi dire.

Du moins, c'est ce que je croyais avant que le Rayonnant, avec son visage démoniaque, ses cheveux de serpent et son regard enragé, ne passe à une métamorphose bien plus terrifiante encore.

Un clown de cirque complètement dingue, chaussé d'énormes souliers rouges qui se sont écrasés au beau milieu des serpents, provoqua une violente agitation parmi eux, me lorgnait avec une grimace terrifiante. Il avait une balafre irrégulière sur sa chair et sa gigantesque bouche rouge et flasque laissait goutter d'épais filets de sang sur son buste, tandis que ses yeux continuaient de lancer des flammes.

Il s'est penché vers moi, permettant aux serpents déchaînés d'onduler le long de ses bras. J'étais sur le point de craquer, de m'avouer vaincue et de courir me réfugier quelque part, me fichant désormais totalement de l'éventuelle réaction de Bodhi et de tout le reste, excepté de ma survie face à ce monstre, quand j'ai compris que je ne pouvais pas.

Impossible de bouger.

Impossible de fuir, malgré tous mes efforts.

Je ne sais pas pourquoi, mais contre ma volonté et sans même que je m'en rende compte, j'avais été ligotée dans ce que j'ai vite reconnu comme étant un fauteuil de dentiste.

Je m'apprêtais à crier dans l'espoir d'alerter Bodhi, Caramel, les chasseurs de fantômes, bref, quelqu'un, n'importe qui, car j'avais sacrément besoin d'aide. Mais j'ai refermé la bouche aussi sec quand j'ai vu l'assortiment affolant de roulettes, de bistouris et d'aiguilles qu'il m'a brandi sous le nez, ne me laissant pas d'autre choix que de me taire.

Là, j'ai enfin compris ce qui se passait *vraiment*.

Cet illuminé de clown-orthodontiste, ce charmeur de serpents maniant la fraise, complètement tordu, sadique et terrifiant, avait vu clair en moi. Il m'avait percée à jour, corps et âme.

Il avait exploité mes plus grandes angoisses.

D'abord, des serpents. Et à trois têtes, rien que ça !

Ensuite un clown, souvenir d'une horrible journée d'été à la foire régionale de l'Oregon quand j'étais gosse, où un mime débile en costume de clown s'était planté devant moi et n'avait pas arrêté de me suivre, jusqu'à ce que mon père soit forcé d'intervenir.

Et pour finir, des instruments de dentiste, ce qui constituait indéniablement pour moi une forme avérée de torture.

Restait à savoir comment il avait fait pour aussi bien me cerner ?

Rien que de penser aux autres choses qu'il savait peut-être, j'étais terrorisée.

Son regard embrasé et sa bouche en sang se sont encore rapprochés, alors qu'un enchevêtrement de serpents bondissait sur mon fauteuil, m'arrachant un brusque mouvement de recul et me poussant à m'aplatir au maximum contre le dossier, tiraillée par l'envie de hurler, de trouver un moyen d'appeler à l'aide, mais consciente qu'y céder ne ferait que mettre en marche ces monstrueux outils. J'avais beau tirer sur les épaisses sangles en toile qui me retenaient et me débattre de toutes mes forces, ça ne servait à rien.

Il avait déjà gagné.

J'étais bien partie pour rejoindre les rangs de tous les Passeurs d'âmes qui m'avaient précédée et avaient échoué.

quinze

J'ai serré les dents et fermé les yeux très fort, refusant d'en voir davantage. Tout bas, je maudissais Bodhi d'avoir mis une novice comme moi dans une situation pareille, sans aucune mise en garde ni formation appropriée d'aucune sorte, et je maudissais aussi Caramel de m'avoir lâchement abandonnée dans ce qui était sans conteste un moment de grandes difficultés.

J'allais céder, j'allais le supplier d'arrêter, lui dire que je me fichais pas mal qu'il hante cet endroit pendant encore trois siècles, quand il a rugi avec une force telle que je n'ai pas pu m'empêcher d'entrouvrir les yeux. De regarder, horrifiée, ce visage dévasté et sinistre passer du clown démoniaque à tous les monstres de films d'horreur de ces trente dernières années.

Là, j'ai compris autre chose : il ne me connaissait pas du tout !

Rien à voir avec mes pires angoisses, comme je l'avais cru !

Il ne faisait qu'exploiter les peurs habituelles, celles que la plupart d'entre nous partageons.

La seule chose qui me retenait ici, morte de trouille et enchaînée à un fauteuil, c'était le fait que je *croie* qu'il ait un quelconque pouvoir sur moi.

Que les vols planés de meubles auraient pu me blesser, alors qu'ils n'auraient fait que me traverser de part en part.

Que je n'aurais pas supporté les serpents et les outils de dentiste, que c'était trop pour moi, trop insurmontable.

Alors qu'en vérité, pas du tout.

Et ça valait pour lui aussi.

Il était loin d'être invincible.

Cette prise de conscience n'a pas fait disparaître les serpents, ni les instruments de torture, mais elle m'a rendue plus forte – assez pour surmonter mes peurs, en tout cas. Du coup, quand il a tendu les bras pour m'attraper, eh bien… je n'ai pas reculé.

En fait, je n'ai pour ainsi dire pas bougé.

Je me suis contentée de déboucler toutes les sangles en regardant le Rayonnant littéralement… chanceler.

Puis perdre l'équilibre.

Et, bizarrement, se diviser en trois !

Je suis restée immobile, bouche bée, le fond de la gorge chatouillé par un cri fraîchement étouffé, en songeant que la seule chose qui pourrait désormais m'effrayer serait non pas un, mais trois fantômes en colère.

Mais ça, ça valait pour la pyramide qu'ils formaient juste auparavant. Après qu'ils eurent perdu l'équilibre et se furent effondrés par terre, autant vous dire que je n'avais plus aucun doute : maintenant, c'était moi qui contrôlais la situation.

Discrètement, j'ai quitté le fauteuil et chassé les serpents en formulant simplement, de tête, le souhait de les voir disparaître. Puis, les hanches en avant, j'ai rejeté les cheveux en arrière et levé la tête vers eux.

– Alors comme ça, vous travaillez en équipe, je leur ai lancé.

Hochant la tête, j'ai marqué une pause pour les observer.

– Ça explique sans doute pourquoi personne n'a réussi à vous convaincre de partir depuis toutes ces années. Vous avez dû passer les derniers siècles soit à vous relayer, soit à vous liguer à plusieurs contre les gens, grâce à la technique de la pyramide-de-la-mort. Pas très fair-play quand on y pense, vous ne trouvez pas ?

Ils se sont relevés tant bien que mal, essayant d'adopter une attitude de gros durs, mais c'était trop tard. Deux d'entre eux ont décidé de rester en retrait, tandis que le troisième, apparemment le chef, s'est avancé. Je n'ai pas pu m'empêcher de me demander « pourquoi l'avoir choisi, lui ? », vu qu'à mes yeux, ils étaient à peu près tous identiques.

Empilés les uns sur les autres, unissant leur énergie, ils émettaient le même halo vif et rayonnant. Mais pris séparément et individuellement, ils se distinguaient de façon très nette. L'un était grand, l'autre un peu moins, et le dernier dans la moyenne, et alors que deux d'entre eux avaient une couleur de cheveux qu'on pouvait, sans trop se tromper, qualifier de blond platine, le troisième, celui qui s'était avancé, était plus du type blond vénitien, et il était le seul à avoir redressé les épaules, bombé le torse et relevé le menton, avant de me répondre.

– Je t'ordonne de partir, a-t-il dit d'une voix ferme, dure, et carrément intimidante.

Bien que le souvenir des serpents et du clown sadique jouant au petit dentiste fût encore frais dans ma mémoire, je ne pouvais qu'en faire abstraction, le chasser complètement de mon esprit. Si je voulais tirer quelque chose d'eux, faire le moindre progrès, il était impératif que je leur montre que je n'étais plus la petite fille apeurée que j'étais encore un instant plus tôt.

– Tu plaisantes, j'espère ? ai-je répliqué, consciente que j'y allais peut-être un peu fort, mais bon.

Ils avaient beau être trois contre moi, ce n'en était pas moins une bande de gamins de dix ans, ce qui, de mon point de vue, faisait que le chef ici, c'était plutôt moi.

– Sérieusement, tu ne crois quand même pas que tu peux me donner des ordres… si ?

J'ai regardé autour de moi, notant le moindre détail en me jurant de ne pas oublier cette scène : comment était la pièce, de quoi ils avaient l'air, persuadée que par la suite, ça deviendrait une de mes séquences préférées que je raconterais à volonté.

J'ai secoué la tête, interprétant correctement le brusque retour de son regard incendiaire quand j'ai dit :

– J'y crois pas, tu es *vraiment* sérieux. OK, j'ai compris.

Et j'ai hoché la tête en m'efforçant de rester impassible.

– Mais le truc, tu vois, c'est que je ne peux *pas* partir, du moins pas encore. On m'a confié une mission et… je ne bougerai pas d'ici tant que je ne l'aurai pas accomplie. Donc, j'ai comme l'impression qu'entre tes ordres et le reste, toi et moi, on a un petit problème.

Il a jeté un œil derrière son dos vers les autres, qui se sont contentés de hausser les épaules sans enthousiasme en guise d'encouragement. Ça lui a toutefois suffi pour se retourner vers moi et répliquer :

– J'exige que tu t'en ailles ! Tu dois partir immédiatement !

Il a levé ses paumes tournées vers le ciel, laissant d'autres serpents à trois têtes onduler le long de ses bras et se jeter sur moi.

Mais je les ai ignorés, consciente qu'ils n'étaient réels que si je le voulais bien. Dans le grand ordre de l'Univers, ils ne pouvaient rien contre moi.

J'ai haussé les épaules et me suis dirigée vers le fauteuil bergère. Je l'ai remis sur ses pieds et me suis affalée dessus, présumant à juste titre qu'entre les « ordres » et les « exigences » que j'allais devoir gérer, tout ça allait prendre un peu plus de temps que prévu, alors tant qu'à faire, autant me mettre à l'aise.

Il s'est planté devant moi, fronçant ses sourcils blonds-roussâtres au-dessus des deux globes oculaires rouges de rage qui lui servaient d'yeux. Mais je n'ai pas réagi, je refusais de céder. Et puis, après deux ou trois revendications supplémentaires, quelques décrets, et tout un tas d'annonces proclamées avec insistance, il a capitulé.

Et les autres aussi, d'ailleurs.

Si bien que leurs halos ont disparu, leurs yeux rouges également, et trois bouches roses normales ont remplacé les trous noirs sans fond qui s'y trouvaient peu de temps auparavant.

Les trois petits gars devant moi ressemblaient quasiment à n'importe quel gamin de dix ans. Bon, exception faite de leurs culottes courtes blanches atroces, assorties à des chaussettes hautes blanches et à des chaussures noires vernies : c'était vraiment moche, hallucinant, au point qu'il fallait le voir pour le croire.

Je ne pouvais qu'espérer que c'étaient les vêtements qu'ils portaient à leur enterrement, parce que si c'étaient eux qui avaient choisi cette tenue, sérieusement, je doutais qu'on arrive à s'entendre un jour.

– Pourquoi est-ce que tu n'as pas peur de nous ? a demandé celui qui me faisait de plus en plus penser à Poil de Carotte.

J'ai haussé les épaules, prenant le temps de le toiser avant de répondre.

– En fait, si ça peut vous rassurer, au début, ce n'était pas le cas. Vous avez bien vu que j'ai failli partir, non ? Cette histoire de clown tortionnaire, les fraises, les outils…

Ce souvenir m'a arraché un léger frisson.

– J'ai cru que j'allais faire une attaque. Mais ensuite, vous vous êtes trahis quand vous avez commencé votre *cirque* avec les célèbres monstres de films d'horreur…

J'ai souri…

– Le jeu de mots était voulu, j'ai ajouté.

… et j'ai fini par éclater de rire.

Mais comme ça n'a pas eu l'air de les amuser, j'ai vite repris :

– Bref, en tout cas, c'est ce qui vous a mis dedans. C'est vrai, je n'étais même pas née quand la plupart de ces films sont sortis ! Et c'est plus ou moins à ce moment-là que j'ai compris.

– Compris quoi ?

Il a pincé les lèvres en me regardant de la tête aux pieds de la façon insistante typique des gosses de dix ans.

– J'ai compris que tu comptais sur le fait que je sois trop effrayée pour prendre conscience que c'était moi qui commandais, *moi* qui permettais à la peur de l'emporter. Et si je refusais de l'entretenir, de la laisser prendre le dessus, son influence sur moi, ainsi que la tienne, diminueraient.

J'ai hoché la tête avec assurance, et bien que j'aie essayé de le retenir, ça a été plus fort que moi, un sourire triomphant s'est glissé sur mes lèvres. Apparemment, ça n'a fait que l'énerver encore plus.

– Sans parler du fait que je suis déjà morte, autant que toi, donc tu ne pouvais pas faire grand-chose de plus contre moi, pas vrai ?

– Mais si ! On pourrait te faire plein de choses ! On pourrait...

Le blondinet à gauche est intervenu, se précipitant vers nous et brandissant son petit poing, jusqu'à ce que Poil de Carotte se retourne et le renvoie illico à sa place en tendant brusquement la paume face à lui.

– Tu ne nous feras pas partir d'ici, si c'est pour ça que tu es venue. Plein d'autres ont essayé avant toi. Et crois-moi, quand je dis plein, c'est *plein*. Pourtant, tu vois, on est toujours là. Rien n'a changé depuis des siècles. Alors, c'est peut-être plutôt toi qui devrais partir, parce qu'on n'a pas l'intention de bouger. Et si tu insistes encore, je te garantis qu'au final, tu vas méchamment perdre ton temps.

– Peut-être…

Avec une moue, j'ai tiré un fil décousu sur un des coussins bleus, faisant comme si je ne me sentais qu'à moitié investie dans cette affaire, comme si rien d'important pour moi n'était en jeu.

– … Ou peut-être pas, remarquez ?

J'ai levé les yeux jusqu'à ce que je croise les siens.

– Après tout, ça ne vous a jamais traversé l'esprit que c'était peut-être *vous* qui perdiez votre temps ? Sérieusement, réfléchissez : des centaines d'années passées à tourner en rond dans un environnement restreint et vieillot, tout ça pour prendre votre pied en fichant la trouille à des touristes en mal de sensations fortes ? ai-je résumé en secouant la tête. La même routine minable depuis des centaines d'années ?

J'ai poussé un soupir, sans manquer de les regarder un à un. Rien que d'y penser, leur quotidien me paraissait épuisant et vain.

– Et pour *quoi*, si je peux me permettre ? Quel intérêt, au juste ? En fin de compte, qu'est-ce que ça vous apporte ? Honnêtement ? Il ne vous arrive jamais d'avoir envie de prendre un jour de congé, ou même, carrément, une semaine de vacances ?

– Mais c'est ce qu'on fait ! On se relaye, je te signale ! a crié le blondinet.

Vacances ou pas, peu importe, ils ne comprenaient rien. J'avais passé deux années complètes à tanner ma sœur, au point, il faut bien le dire, de frôler le ridicule absolu. Mais ce n'était rien, comparé au gâchis colossal qu'ils avaient fait des siècles derniers. Bonjour la perte de temps.

– Ce que j'essaie de vous dire, c'est...

J'ai serré le coussin contre moi un instant, avant de le rejeter à côté. Je voulais m'assurer d'avoir toute leur attention avant de poursuivre.

– Quelle est votre récompense, à la fin ? Franchement ? À quoi bon sortir le grand jeu, le coup du regard incendiaire, de la bouche en forme de gouffre et... et tout le reste ?

D'un geste, j'ai tracé une ligne invisible de leurs cheveux bouclés jusqu'à leurs chaussures impeccablement cirées.

Là, le troisième a fini par s'interposer, s'avançant à droite de Poil de Carotte.

– Quelle *récompense* ?

Ses yeux bleus vifs ont croisé les miens, tandis qu'il se tournait vers ses amis et ricanait avec eux.

– La célébrité, tiens ! La renommée mondiale, la voilà, notre récompense !

Ils ont secoué la tête et levé les yeux au ciel, me souriant d'un air suffisant, comme si j'étais la reine des attardées.

Les yeux mi-clos, je les ai observés, pas sûre d'avoir bien entendu. Je ne pouvais pas croire qu'ils pensaient vraiment ce qu'ils venaient de dire.

– On est célèbres, a-t-il répété, d'une voix aussi résolue que l'expression sur son visage.

– Notre nom est connu. Les gens viennent du monde entier juste dans l'espoir de nous apercevoir, de nous prendre en photo, d'enregistrer le son de notre voix, de nous parler, de raconter à leurs amis à leur retour qu'ils ont dormi avec nous…

Il a jeté un coup d'œil à ses copains, éclatant de rire avec eux, puis de nouveau il a planté son regard dans le mien.

– D'ailleurs ça, ce serait un sacré mensonge, vu que personne n'a jamais réussi à passer une nuit entière dans cette chambre. *Personne*, sans exception.

Son expression s'est durcie.

– Sans oublier tous les livres, les articles et les émissions de télé qui parlent de nous. On est vraiment célèbres. Des stars internationales ! Et ça fait des années que ça dure. Un peu comme les Backstreet Boys en quelque sorte… version revenants.

Oh, purée ! Tout à coup, je ne pouvais pas m'empêcher d'avoir de la peine pour eux, non seulement parce qu'ils nageaient en plein délire, mais aussi parce qu'ils étaient dépassés à un point pathétique. Sans rire, les Backstreet Boys : ils n'avaient pas encore plus vieux, comme référence musicale ? Je les ai regardés en secouant la tête. Ils me rappelaient tellement certains jeunes avec qui j'allais au collège et dont la seule ambition dans la vie était de devenir célèbre. L'intérêt ? Ils n'en avaient aucune idée. Ils savaient juste qu'ils étaient faits pour briller sous les projecteurs.

Et la première étape de leur carrière, c'était YouTube.

Je les ai effleurés du regard. Ils étaient si indignés, tellement persuadés d'avoir raison... Je devais absolument trouver un moyen de leur ouvrir les yeux.

Je me suis éclairci la voix en prenant une grande inspiration, par simple réflexe.

– Écoutez, ça m'embête de vous le dire, mais vous n'avez rien à voir avec les Backstreet Boys. Et puis, comment est-ce que vous connaissez ce groupe ? Vous vivez dans un château perdu en pleine cambrousse !

Ils m'ont fixée, tel un front uni d'ensembles blancs, de chaussettes blanches et de joues rouges de rage.

– Tu n'es pas la seule à fouiller dans les affaires des autres, tu sais. On a accès à Internet, et on a déjà exploré quelques iPod, a dit le plus petit des blondinets.

Ses copains se sont mis à ricaner en prenant soin de hocher le menton vers moi, l'air méprisant et moqueur.

– C'est pas parce qu'on vit dans un « château en pleine cambrousse » comme tu dis, qu'on ne connaît pas les mêmes choses que toi, a ajouté Poil de Carotte.

J'ai acquiescé. Encore une que je n'avais pas vue venir. Un point pour eux. Mais qu'un fantôme soit suffisamment au parfum pour connaître les boys bands de la dernière décennie et choisisse quand même de porter un accoutrement pareil, ça me dépassait. Remarquez, Bodhi n'était pas mieux dans son genre : un skateur presque pro qui, allez savoir pourquoi, choisissait de s'habiller comme un ringard. Décidément, les gens étaient compliqués – les vivants comme les morts.

– OK, d'accord. Au temps pour moi. Désolée d'avoir sous-estimé vos connaissances musicales. En attendant, désolée aussi d'insister mais vous ne pouvez pas vous comparer aux Backstreet Boys. Des millions de fans les adoraient à travers toute la planète, mais vous… combien vous en avez ?

Je les ai regardés échanger des regards perplexes, leur confusion et leur désespoir se répandant à travers la pièce comme un grondement sonore.

Puis, Poil de Carotte a secoué vigoureusement la tête, l'air déterminé à reprendre la situation en main.

– Ne l'écoutez pas ! Tout ça, c'est faux ! Elle se fiche de nous. Ça fait partie de sa mission ou de ses intentions, quelles qu'elles soient.

Il m'a jeté un regard plein de mépris, presque aussi féroce que son précédent regard incendiaire.

– Dire que nos fans nous « adorent » n'est peut-être pas le mot exact, mais le fait est qu'ils adorent avoir *peur* de nous. Ils viennent du monde entier, rien que pour nous ! Sans nous, le château de Warmington serait ruiné ! Personne ne se donnerait la peine de le visiter. Les proprios seraient obligés de mettre la clé sous la porte, c'est sûr.

Les deux têtes blondes qui l'encadraient ont acquiescé, opinant du bonnet à l'unisson.

– Peut-être… peut-être pas.

J'ai froncé les sourcils, consciente que c'était tout à fait plausible, bien que ce ne fût pas vraiment le sujet ici.

– Mais quoi qu'il en soit, qu'est-ce que ça vous apporte ? Est-ce que vous touchez votre part du gâteau ? Concrètement, est-ce que quelqu'un vous remercie pour cette contribution spontanée ? Tout ce temps que vous passez, les longues heures que vous consacrez à ce travail… comment sont-elles récompensées ? Sérieusement, il ne vous est jamais venu à l'idée que vous vous faisiez complètement exploiter ? Qu'on profitait de vous de la pire façon possible ? C'est sûr qu'avec vous, le « travail de nuit » prend un tout autre sens. Et très honnêtement, à part votre désir de gloire discutable, qu'est-ce qui vous motive ?

Ils se sont regardés, échangeant leurs pensées à voix basse dans un tourbillon de parasites.

– Écoutez, j'ai repris, défroissant ma jupe et me levant du fauteuil pour m'approcher. Voilà ce que je vous propose : je sais que vous avez peur de tomber dans l'anonymat, de devenir totalement invisibles… que tout le monde oublie même jusqu'à votre existence. Croyez-moi, je sais ce que vous ressentez, parce que quand j'étais encore de ce monde, je craignais exactement la même chose. Et j'ai perdu un temps fou, toute ma vie en fait, à suivre ma sœur aînée partout pour essayer de lui ressembler. Elle comptait énormément à mes yeux. Elle était jolie, populaire, et bon, c'était une fille exceptionnelle. Et j'étais persuadée que si je réussissais à être comme elle, à l'imiter à la perfection, alors moi aussi je deviendrais quelqu'un d'exceptionnel. Mais en vérité, mes tentatives pour ressembler à Ever ne m'ont pas rendue indispensable ou unique : elles m'ont juste transformée en pot de colle insupportable. Et peut-être même en vraie peste.

Je les ai observés un à un, croisant les doigts pour que, d'une certaine façon, mes paroles commencent à faire leur chemin dans leurs esprits.

– Ce que j'essaie de vous dire, c'est que vous avez le choix. Soit vous restez ici et continuez de terroriser tout le monde, soit vous partez ailleurs, dans un endroit…

J'ai hésité, refusant de mentir en leur affirmant que ce serait mieux, vu que j'étais plutôt bien placée pour savoir que ce n'était pas tout à fait vrai. Mais bon, il fallait bien que je dise quelque chose.

– Un endroit tout nouveau. Et très différent. Beaucoup plus excitant que tout ce qui se passe ici.

J'ai fait le tour de la pièce, qui était dans une telle pagaille qu'on aurait dit qu'un match de rugby venait de s'y dérouler, tout en repensant au splendide paysage en perpétuel mouvement d'Ici et

Maintenant, aux plages et à toutes ces choses que l'on peut y faire apparaître. Ça, au moins, c'était vrai.

– Je pense sincèrement que vous vous plairiez là-bas. Suffit d'essayer pour voir ! C'est pas plus compliqué.

Juste après avoir prononcé la dernière phrase, je me suis demandé si ce conseil pouvait aussi s'appliquer à moi.

– Et si on ne s'y plaît pas ? Si en arrivant là-bas, on se rend compte qu'on déteste cet endroit et qu'on préférerait être ici ?

Je les ai dévisagés, tentée de mentir pour en finir. De leur certifier que la dimension terrestre ne leur manquerait pas du tout, pas même une fraction de seconde.

Mais j'en étais incapable.

Je ne voulais pas les embobiner.

Alors au lieu de ça, je les ai regardés droit dans les yeux.

– En fait, ce château va vous manquer, j'ai dit. Je crains que ce soit inévitable, garanti, presque. Mais si vous jouez le jeu, vous pourrez revenir de temps en temps. La preuve, regardez : je suis là, moi, pas vrai ? Sans parler de tous ceux avant moi qui sont venus vous chercher. Alors, qu'est-ce que vous en dites ? Prêts pour l'aventure, prêts à tenter une nouvelle expérience, pour une fois ?

Ils m'ont tourné le dos pour se consulter, prenant le temps de bien récapituler la situation point par point. Poil de Carotte s'est de nouveau positionné en chef pour me donner leur réponse :

– Alors, c'est le moment où tu vas faire jaillir la Lumière ?

Ça m'a fait rire.

– Mais non, idiot. C'est le moment où je vais vous conduire au pont, ai-je répondu en secouant la tête, amusée.

seize

Si j'avais eu un de ces appareils spéciaux comme celui de la chasseuse de fantômes, j'aurais pris en photo la tête de Bodhi quand je suis sortie de la chambre bleue, suivie des trois petits Rayonnants (plus tant que ça, d'ailleurs).

– Bon, et maintenant ? je lui ai demandé, tandis que les trois garçons tournaient en rond derrière mon dos.

Les paupières mi-closes, j'ai hoché le menton face à Caramel qui s'était rué sur moi et me léchait énergiquement les doigts en me fixant de ses grands yeux marron, prêt à tout pour que je lui pardonne de m'avoir lâchée et se faire à nouveau bien voir.

– Comment est-ce qu'on les emmène au pont ?

Bodhi n'a pas répondu.

Il était trop sous le choc.

Il leur lançait des regards nerveux, les comptait et les recomptait de tête, visiblement toujours aussi stupéfait chaque fois qu'il arrivait au total de trois.

– Comment est-ce que tu as… ?

Il a secoué la tête et retiré ses lunettes – se frottant les paupières et clignant des yeux un paquet de fois – avant de les remettre sur son nez et de cligner encore un peu.

– Peu importe comment, dis-moi juste comment emmener les petits au pont avant qu'ils ne se dégonflent et ne changent d'avis.

Pas question que je lui révèle les ficelles de mon accord avec eux, pas tant que je cherchais encore mon propre chemin.

– Qui est-ce que tu traites de dégonflé ? a lancé Poil de Carotte avec rage.

Il a remis ça avec ses yeux et sa bouche monstrueux, au point de faire couiner Caramel et presque basculer Bodhi de la rampe.

Moi, je l'ai fixé, pas un brin impressionnée.

– C'est *toi* que je traite de dégonflé. Dix dollars qu'avec tes copains, vous allez pleurer comme des bébés et refuser de franchir le pont.

– Tu oublies que l'argent n'a aucune valeur pour nous. À moins que tu n'en aies parfaitement conscience ?

Poil de Carotte a haussé un sourcil et souri d'un air entendu.

– Pas besoin de ruser pour qu'on traverse, tu sais. Ton petit discours était assez convaincant.

– C'est vrai ?

J'ai bien essayé de réprimer un sourire, mais en vain. Je ne pouvais pas m'empêcher d'être fière de moi, et fière qu'ils aient fait le bon choix.

– Au fond, je dois avouer que vous m'avez aidée, vous aussi.

Enfin… pour autant que trois gamins de dix ans soient capables d'aider une fille de douze ans, plus mûre, plus sage et plus âgée qu'eux.

– Alors, bon : merci.

– Pas de quoi, a répondu Poil de Carotte, qui paraissait subitement bien plus mûr pour son âge. Et pour info, je te signale qu'on a presque onze ans. Oh, et aussi, je ne m'appelle pas Poil de Carotte.

Son regard a croisé le mien, mais heureusement, sans aucune malveillance.

– Mon nom, c'est Hans. Et voici Dieter et Wolfgang.

Il a désigné ses blondinets de frères.

– On est des triplés, et c'est moi l'aîné – de soixante-dix secondes.

J'ai acquiescé, gênée qu'il ait sondé mes pensées. À l'avenir, il allait vraiment falloir que je fasse gaffe si je voulais me faire des amis dans l'Au-delà.

– Alors ? Il est où, ce pont ? a demandé Wolfgang.

Ses frères ont hoché la tête à ses côtés, manifestement impatients de commencer une nouvelle « vie ».

Bodhi a fait glisser sa paille de l'autre côté de sa bouche, enfin remis du choc de leur présence, et les idées à nouveau parfaitement claires.

– OK, maintenant tout le monde se donne la

main. Riley, tiens ton chien, pendant qu'on imagine tous le voile chatoyant d'une douce lumière dorée…

*

* *

L'excursion dans l'Été perpétuel fut brève. Je n'ai même pas eu le temps de faire un tour, de reprendre contact avec des amis ou de me refamiliariser avec d'anciens lieux de prédilection.

En résumé, on a traversé la brume dorée, atterri pile au pied du pont, fait nos adieux aux trois Rayonnants, et une seconde après, Bodhi et moi sommes retournés d'où on venait : dans l'immense couloir du château de Warmington.

– Tu crois qu'ils vont retrouver quelqu'un… leur mère, par exemple ? lui ai-je demandé. Ou il s'est écoulé trop de temps pour ça ?

Bodhi a juste haussé les épaules, nous ignorant, moi et ma question, d'un air si fuyant et indifférent que ça m'a tout de suite énervée.

C'est vrai, quoi, un peu de reconnaissance de sa part, ce serait sympa.

Un petit : *bravo, bien joué !* Même une tape dans la main me suffirait.

Mais non, rien.

Non seulement il m'avait à peine félicitée pour la tâche monumentale que je venais d'accomplir, mais il s'était aussi débrouillé pour nous renvoyer directement à la case départ, qui se trouvait bien loin de Londres – ou même d'une piste de décollage, d'ailleurs.

– Bon, quoi encore ? j'ai lâché, l'œil mauvais, curieuse de savoir pourquoi il nous avait fait revenir ici.

J'avais accompli ce pour quoi j'étais venue, mené à bien ma mission, et débarrassé avec succès ce lieu de ses fantômes – et trois d'un coup, par-dessus le marché. Pour ma part, maintenant que j'avais gagné le pari, il était temps que je prenne mon cours de pilotage et que je m'envole pour Londres.

Ça m'avait été clairement spécifié tout à l'heure, dans les termes de notre accord.

C'était quand même pas sorcier !

Pas question de laisser Bodhi trouver une échappatoire pour se dérober à ses engagements.

Ni de le laisser s'en tirer de manière aussi injuste.

Il m'a regardée, le dos voûté et le regard penaud, en faisant osciller sa paille verte de haut en bas entre ses dents.

– Écoute… j'ai peut-être oublié de te le dire tout à l'heure, mais ce n'est pas fini. Il reste une chose dont on doit s'occuper, et ensuite on s'en va. Promis.

– Comment ça, *pas fini* ?

J'ai planté les mains sur mes hanches, tout en veillant à bien montrer, autant à ma tête qu'à ma voix, à quel point j'étais furax.

– T'as pas le droit de prolonger ma mission

comme ça ! C'est pas juste ! J'ai fait exactement ce qu'on m'avait demandé, et j'ai réussi plutôt vite, même si ce n'est pas à moi de le dire. Alors, pourquoi attendre ? Allons-y tout de suite ! Sérieusement. En route ! Je te préviens, il y a intérêt que d'ici le lever du soleil, je sois en train de survoler la Tamise, sinon !...

Je me suis renfrognée, ignorant moi-même ce que mon « sinon » sous-entendait, mais néanmoins bien décidée. En plus, ce n'était que justice, et j'avais bien l'intention que l'ensemble des règles déjà formellement établies soient, et d'une, respectées, et de deux, appliquées.

Seulement, Bodhi m'a regardée droit dans les yeux et a dit quelque chose qui m'a complètement désarmée.

– Cette fois, ce n'est pas pour toi, Riley. C'est pour moi.

dix-sept

A priori, **il se révélait** que mon guide-prof-entraîneur-conseiller-chef, alias Bodhi, avait lui-même un guide-prof-entraîneur-conseiller-chef qui, là encore, *a priori*, n'était pas du tout content du travail fourni par Bodhi jusqu'ici.

Même s'il avait plutôt bien commencé la journée en étant convoqué sur scène, ce qui était une sorte de cérémonie de remise de diplômes, m'a-t-on appris, il lui restait du pain sur la planche.

Autrement dit, beaucoup à faire pour être à la hauteur.

Du moins, c'est en peu de mots ce que j'ai pu retirer de sa litanie sans queue ni tête de marmonnements délibérément ambigus, flous et confus. Il avait pris soin de garder les détails pour lui, refusant de les partager avec moi.

Et croyez-moi, j'avais déjà de la chance d'en avoir compris autant. Parce que quand j'ai commencé à le harceler de questions, curieuse de savoir qui était son guide, si c'était un membre du Conseil ou bien quelqu'un d'autre, et quelle était sa mission à lui, ce qu'on attendait concrètement d'un guide, et quelles étaient les conséquences pour ceux qui manquaient à leur devoir, ce qu'il lui arriverait s'il se révélait incapable de m'aider à apprendre, à grandir et à m'améliorer, il s'est refermé comme une huître.

Quand j'ai continué d'insister sur ce que je tenais absolument à savoir, c'est-à-dire pourquoi il avait l'air aussi flippé, rien que de penser à la tâche qui l'attendait, il m'a carrément tourné le dos.

Il est devenu muet comme une tombe, refusant de me parler ou de me regarder en face.

La tête rentrée dans les épaules, il ne m'a plus adressé la parole.

Il n'a rien voulu dire de plus.

Quand enfin j'ai renoncé à mon interrogatoire et décidé plutôt de lui proposer mon aide (tout était bon pour arriver à Londres d'ici l'aube), il s'est contenté de secouer la tête.

– Cette fois, ça dépend uniquement de moi, a-t-il dit. Je dois absolument faire ça seul.

Génial. J'ai lâché une grimace en jetant un rapide coup d'œil à l'horloge à balancier de l'entrée. Quelle que soit sa mission, si elle prenait au moins autant de temps que la mienne, je ne serais pas à Londres avant la tombée du jour, et encore.

– Écoute, Bodhi…

J'ai souri, consciente que ma motivation n'était pas tout à fait innocente, qu'elle était bien trop intéressée pour être confondue avec de l'altruisme, mais insistant malgré tout.

– Je suis en formation, pas vrai ? Et ton boulot… c'est de me former, je me trompe ?

Toujours aussi réservé, il a hoché la tête, agitant à peine le menton, mais assez pour que je prenne ça pour un oui, ne serait-ce que pour faciliter les choses et les faire avancer.

Furtivement, je me suis glissée à côté de lui et l'ai regardé mâchonner sa paille difforme.

– Dans ce cas, quoi de mieux que de me laisser observer le maître à l'œuvre, autrement dit, toi ? Quel meilleur moyen pour moi d'apprendre que de me laisser assister aux premières loges au déroulement des opérations ? Et peut-être même, pourquoi pas, de me laisser participer à une petite expérience sur le terrain ?

Là, j'ai vu sa bouche se crisper.

– Mais uniquement avec ta permission, bien sûr ! me suis-je empressée d'ajouter. Alors, qu'est-ce que tu en dis ? Ton guide ne peut tout de même pas te reprocher de me laisser t'observer pendant que tu accomplis ta mission ?

Bodhi a tourné la tête, pesant visiblement le pour et le contre en silence. Puis, il a regardé au loin, dans l'immense couloir, et poussé un soupir.

– D'accord. Mais souviens-toi, tu l'auras voulu.

dix-huit

Il nous a fait remonter le couloir, loin de la chambre bleue où j'avais triomphé, puis descendre les escaliers, traverser un grand vestibule et remonter un autre escalier qui conduisait encore à un long couloir, suivi d'une petite volée de marches et d'un passage plus étroit. Celui-ci débouchait sur une toute petite porte, que la plupart des gens auraient été obligés de franchir en se baissant, mais pas nous, puis sur d'autres marches, jusqu'à ce qu'enfin on pénètre dans l'une des fameuses tourelles. Ces tours pointues, caractéristiques des plus beaux châteaux, que j'avais toujours rêvé de voir de l'intérieur.

J'allais me précipiter dans la pièce, impatiente de faire apparaître une natte blonde bien longue sur ma tête, pour pouvoir enfin, l'espace d'un instant tant attendu, me prendre pour Raiponce, quand Bodhi a tendu le bras devant moi, m'empêchant d'aller plus loin.

– Tu es sûre de toi ?

Oh, ça va ! J'ai eu un mal fou à ne pas lever les yeux au ciel. Ce n'est pas pour dire, mais je venais quand même d'affronter trois fantômes aveuglants, qui avaient des globes rouges à la place des yeux et d'énormes trous noirs en guise de bouches, et il voulait savoir si je me sentais d'attaque ? Franchement, c'en était presque insultant. Au pire, qu'est-ce qui pouvait arriver, cette fois ?

– Il n'y a pas de honte à avoir peur, tu sais, a ajouté Bodhi.

Il m'a observée attentivement, toujours en mâchonnant sa stupide paille qu'il cherchait visiblement à réduire en miettes.

– Absolument aucune. C'est tout à fait naturel, et je ne te jugerais pas si tu décidais de faire demi-tour quand il en est encore temps. Tu as déjà fait tes preuves. D'ailleurs, tu es une fille assez incroyable, Riley Bloom. Tu es le meilleur Passeur d'âmes que j'aie connu et ce n'est que ta première sortie, en plus ! Mais là, c'est ma mission, pas la tienne. Et crois-moi, ce n'est pas sans raison.

Rien à faire. Moi qui avais tendance à solliciter tous les compliments possibles et imaginables, quand il s'agissait de les accepter, je n'étais décidément pas douée. Comme d'habitude, mes yeux ont commencé à me picoter et ma gorge à se nouer, et c'est à peine si j'ai réussi à acquiescer et détourner le regard. J'étais à la fois très touchée et embarrassée par ses louanges.

– D'accord, j'ai dit d'une voix éraillée, presque en chuchotant. Mais laisse-moi au moins essayer, s'il te plaît. Je souhaite vraiment apprendre autant que possible.

Il m'a dévisagée, me sondant du regard, avant de consentir d'un signe de tête. Et à la minute où il a ouvert la porte, je l'ai entendu.

En fait, on l'a tous entendu.

Y compris Caramel.

Ce son atroce et étouffé, mi-plaintif, mi-larmoyant.

Le son du désespoir.

Le désespoir d'une personne si absorbée par son chagrin qu'elle n'est plus en état de quoi que ce soit, excepté d'émettre un son qui n'évoque rien d'autre que la mort.

C'était continu. Incessant. À croire que ça ne s'arrêterait jamais.

Et à vous donner vraiment la chair de poule.

Bodhi et moi, on s'est regardés en même temps quelques secondes, puis il s'est faufilé devant moi pour gravir un escalier étroit et raide, tandis que Caramel et moi montions péniblement derrière lui.

Une fois arrivée en haut, je l'ai vue, la femme. Enfin, je dois admettre qu'il m'a fallu un moment pour localiser avec précision la source du bruit. Car, même si ça peut sembler bizarre, on aurait dit qu'elle se confondait avec les murs, tant elle était vieille, terne, défraîchie et usée comme eux.

Qu'elle était dans cette pièce depuis si longtemps qu'elle avait commencé à lui ressembler.

À en faire partie intégrante.

Comme un vieux meuble massif, qui n'a jamais été changé de place.

Ni vu ni connu, j'ai fait marche arrière et suis allée me coller au fin fond de la pièce, pendant que Bodhi s'approchait d'elle. Si j'avais été encore en vie, j'aurais été en train de retenir mon souffle, terrifiée à l'idée de ce qui pourrait se passer ensuite.

En l'occurrence, j'étais pétrifiée. La boule d'énergie qui, en principe, constituait ma nouvelle identité version esprit m'a brusquement quittée, me laissant errer sur place, avec Caramel recroquevillé à mes pieds.

Bodhi avait beau se rapprocher de plus en plus, la femme restait totalement indifférente, ignorant même que nous étions entrés dans la pièce.

Elle n'a pas bougé, si étroitement plaquée contre le mur qu'on aurait dit qu'elle en faisait partie. Petite et mince d'apparence, elle avait le dos courbé sous des épaules étroites et voûtées qui se soulevaient à l'occasion, lorsqu'elle était prise d'une nouvelle crise de larmes, puis retombaient d'un coup, bien en dessous de leur position d'origine. Entre la longue robe en coton qui lui collait à la peau dans un fouillis de plis trempés peu flatteurs, et le fait que tout chez elle était fade, terne et quelconque, la seule chose qui ressortait, qui donnait un peu de couleur à l'ensemble, c'étaient ses cheveux.

Ils étaient longs, ondulés, bruns, ramassés dans un chignon négligé, à peine maintenu par deux épingles ornées de perles.

On l'a observée, tandis qu'elle regardait, immobile, par une petite fenêtre carrée, pleurant pour une raison qu'aucun de nous ne comprenait ou pour quelqu'un qu'on voyait encore moins.

On l'a écoutée, tandis qu'elle continuait de gémir sans s'accorder le moindre répit. C'était sans fin, si déchirant, désarçonnant et poignant, que même Caramel s'est aplati au ras du sol, le menton plaqué sur le vieux dallage en pierre et une patte posée sur chaque oreille, dans la tentative désespérée de ne plus l'entendre.

Honnêtement, j'étais à deux doigts d'en faire autant. Je me suis retenue uniquement parce que Bodhi a jeté un œil derrière lui pour s'assurer qu'on allait bien, et comme je ne voulais pas qu'il sache à quel point j'étais flippée et perturbée, je lui ai fait signe en agitant les doigts, l'air de lui dire de ne pas s'occuper de nous et de continuer. Je pensais que plus tôt il s'y mettrait, plus vite on pourrait quitter cette prison de pierre, pratiquement privée d'air.

Il a suffi d'une poignée de secondes en sa présence pour couper court à mon délire sur Raiponce, sans parler de ma fascination initiale pour les châteaux, les tourelles et tous les trucs du genre. C'était épouvantable, étriqué, sombre, miteux, humide et totalement oppressant, même pour des gens comme nous qui n'avions plus besoin de respirer. Je n'arrivais pas à comprendre comment on pouvait décider de passer, ne serait-ce qu'un dixième de sa vie après la mort dans un endroit aussi atroce, alors camper là pendant des siècles, n'en parlons pas.

Certains fantômes avaient un raisonnement qui me dépassait.

Ils n'étaient absolument pas logiques.

Bodhi s'est mis à parler à la femme, l'interpellant d'une voix douce et calme, et même si je n'arrivais pas vraiment à distinguer ses paroles, il était clair qu'il essayait de capter son attention, de gagner sa confiance et de la convaincre de lui faire face. Il est même allé jusqu'à ôter ses lunettes ridicules et à les ranger dans sa poche intérieure. Cela dit, j'ignore si c'était pour mieux la voir ou pour que elle le voie mieux, si tant est qu'elle décidât un jour de se retourner.

Cependant, même si Bodhi était mille fois mieux sans, le geste en soi – un pas de géant loin de la ringardise, et un petit pas vers, disons, le contraire de la ringardise – au final, ça n'a pas changé grand-chose, du moins pas pour elle en tout cas.

Elle est restée exactement au même endroit, fidèle au poste. Toujours en larmes, toujours tournée vers sa petite fenêtre carrée.

Indifférente.

Insensible.

Tellement absorbée par son chagrin qu'elle ne se doutait pas un instant qu'elle avait de la visite.

Je n'ai pas pu m'empêcher de me demander s'il lui arrivait de se lasser.

De s'interrompre quelques minutes, de faire une pause, au moins pour s'essuyer les yeux ou se moucher.

J'ai finalement découvert que c'était le cas.

Et très vite, quelque chose de bien pire a remplacé les gémissements.

dix-neuf

Elle s'est retournée.

Elle a regardé droit vers nous.

Mais juste avant que je ne détourne le regard, que je recule d'horreur, tentée d'attraper Caramel et de déguerpir *rapidos* et pour de bon, je me suis aperçue qu'elle ne nous voyait pas vraiment.

Elle était tournée dans notre direction, mais plutôt d'un air absent, aveugle à ce qui l'entourait, hormis aux images qu'elle se repassait en boucle dans sa tête.

Et quand, sans le vouloir, mon regard a accidentellement croisé le sien, moi aussi je n'ai vu que ça.

Je me suis écroulée, pleurnichant et reniflant avec l'impression d'avoir été brusquement débranchée, d'être une bougie dont on avait mouché la mèche, une ampoule qui venait de griller. Vidée de toute énergie, je me suis mise instinctivement à faire des moulinets avec les bras pour essayer de me protéger contre sa douleur, sa peur, son deuil, son angoisse absolue… mais en vain. Je n'avais qu'une envie, c'était de hurler, de reprendre en chœur son chagrin, de gémir, me lamenter, me languir et pleurer à mon tour à chaudes larmes, de façon continue et sans fin. Seulement, j'avais la gorge trop nouée, trop en feu pour que le moindre son en sorte.

Bodhi avait beau essayer de faire écran, levant les bras pour la mettre hors de vue, il était trop tard.

Trop tard pour détourner mes yeux.

Je ne pouvais que continuer de fixer la scène, jusqu'à ce que je sois complètement plongée dans l'univers de cette femme.

Seul Caramel a été assez malin pour se mettre les pattes sur les yeux, pour ne plus la voir.

En la scrutant, j'ai constaté que même pour un fantôme, elle était extrêmement pâle, à tel point que les mèches brunes qui s'étaient échappées de son chignon se profilaient sur son visage comme trois branches prises dans une tempête de neige aveuglante, inattendue. Simple, à col haut, sa robe était faite d'un tissu certainement noir à l'origine, mais qui, après avoir été baigné pendant des siècles par un déluge incessant de larmes salées, avait passé, perdu son éclat, jusqu'à finir aussi décoloré que la pièce. Cela dit, ces pleurs intarissables avaient causé encore plus de ravages sur son visage, creusant une série de crevasses profondes taillées à la serpe, là où saillaient jadis ses pommettes, et forgeant des vallons et des gorges sans fond à la place de son nez, de ses lèvres et de son menton.

Bizarrement, ça me rappelait de façon angoissante le jour où on était allés en famille au Grand Canyon, et où mon père nous avait expliqué, à Ever et moi, que le flux et le reflux de l'eau, ses oscillations continues et ses accalmies avaient le pouvoir d'affiner, de sculpter et de détruire des blocs entiers de roche, comme un burin parfaitement affûté.

La seule partie de son visage un tant soit peu identifiable, c'était l'espace qui aurait dû abriter ses yeux.

Ils avaient été effacés par des années de sanglots, jusqu'à ce qu'il ne reste plus que deux sombres flaques noires immenses et sans fond. Elles m'ont aspirée dans un tourbillon vertigineux, engloutie de plus en plus loin, comme une eau sale dévalant un égout, un torrent de pluie inondant un caniveau. Je dégringolais à pic, et il n'y avait pas moyen d'en réchapper.

Impossible de remonter à la surface.

Ni de se soustraire à son chagrin sans limite.

J'étais submergée.

Je luttais pour garder la tête hors de ces eaux troubles qui bouillonnaient avec violence autour de moi. Toussant et clignant des yeux, je faisais mon possible pour garder la tête en arrière et me laisser flotter, en me disant de me détendre, de rester calme, que paniquer ne ferait qu'aggraver la situation. J'en appelais à tout ce que j'avais appris pendant mes leçons de natation. Je voulais à tout prix empêcher l'eau d'envahir mes poumons, même si au fond de moi je savais qu'ils n'existaient plus vraiment.

Mais malgré mes tentatives, malgré mes battements de jambes ininterrompus, mes coups de poing et coups de griffes, je n'y arrivais pas. J'étais entraînée vers le fond. Et pour quelqu'un qui, quelques instants plus tôt, n'avait pas besoin d'air pour vivre, bizarrement, j'ai su que mon existence même, sans parler de ma santé mentale, exigeait de moi que je m'accroche, que je me cramponne, que je profite du souffle qui gonflait à présent mes joues, et que je ne le laisse pas s'échapper, quoi qu'il arrive.

Juste au moment où j'étais persuadée que j'allais craquer, une main sortie de nulle part a plongé droit vers moi, et une voix m'a hélée.

C'était celle de Bodhi, je l'ai tout de suite reconnue.

J'ai tendu les doigts vers les siens en continuant de battre des jambes comme une forcenée, cherchant coûte que coûte à me propulser vers la surface, puis j'ai vaguement senti ses mains encercler ma taille et me pousser d'un bon coup hors de l'eau, là où il restait de l'oxygène, de l'air et assez de place pour respirer.

Suffoquant et crachotant, j'ai chassé d'un clignement l'eau épaisse et huileuse de mes yeux, et découvert Bodhi, qui flottait devant moi, les lèvres agitées par ces mots :

– Arrête de regarder, Riley ! Fais ce que je te dis ! Tourne-toi vers le mur, elle sera obligée de te libérer. C'est la seule solution ! Fais-le tout de suite ! Je t'en supplie !

Mais je ne l'ai pas écouté.

Je ne me suis pas retournée vers le mur.

Et si vous m'aviez demandé pourquoi, franchement, sur le coup, je n'aurais pas su vous répondre.

Je suppose que certaines réactions sont machinales.

Instinctives.

On agit parfois dans un sens, bien que tout notre être nous supplie d'aller dans l'autre.

Au début, c'est inexplicable.

Mais plus tard, bien après, on comprend.

Et, comme je n'allais pas tarder à le découvrir, ma réaction était de cette nature.

vingt

Bodhi était furieux. Vraiment.

– Bon sang, Riley, c'est moi le guide, ici ! Ça signifie que tu dois m'obéir ! a-t-il hurlé en me lançant un regard noir.

Il a très vite enchaîné :

– Voilà exactement pourquoi je ne voulais pas t'amener ici. C'est ma mission, pas la tienne. Je suis le seul à devoir m'occuper de ça. Alors, pour la dernière fois, je t'en supplie, tourne-toi !

Mais j'ai quand même continué de regarder. Je suis restée où j'étais, flottant et luttant pour garder la tête hors de l'eau tandis que la tempête se calmait enfin autour de lui, contente que mon chien ait le bon sens, là encore, de rester à l'écart.

– Mais qu'est-ce qui se passe ? Et où est-ce qu'on est exactement ? Je ne comprends pas !

J'avais parlé d'une petite voix effrayée et impuissante, qui m'a mise mal à l'aise et l'a encore plus agacé.

Il m'a fixée, les cheveux trempés et plaqués sur les joues ; le courant avait emporté sa veste et je ne pouvais pas m'empêcher d'espérer que ses lunettes de ringard avaient disparu avec.

– On est dans son monde, maintenant, a-t-il répondu dans un soupir résigné.

Visiblement, il en avait marre de se disputer avec moi.

– Et il se trouve que c'est un monde dangereux. Ce n'est pas un endroit pour les enfants, et encore moins pour les personnes sensibles. Alors, s'il te plaît, si tu refuses de faire ce que je te demande, de te retourner et de sauver ta peau, au moins tiens-toi tranquille. L'eau devrait rester calme à présent. Assez pour que je te laisse seule. Mais je te préviens, Riley, quoi qu'il arrive par la suite, quoi que tu voies ou que tu entendes, ne t'approche surtout pas du mur. Je sais ce que tu en penses, mais je t'assure, tu es bien plus en sécurité ici. Alors je t'en prie, fais ce que je te dis et ne bouge pas de là. Reste à l'écart, même si ça se corse. D'accord ? Tu peux faire ça pour moi ?

J'ai acquiescé, sans trop savoir si j'étais capable de tenir une promesse pareille jusqu'au bout, surtout si les choses empiraient autant qu'il semblait l'envisager. Sans compter que les eaux pouvaient très bien recommencer leur bazar et se remettre à bouillonner, auquel cas le mur serait le premier endroit vers lequel je me dirigerais. Mais sachant qu'il avait besoin de ma réponse pour se remettre au travail, j'ai manifesté mon approbation d'un signe de tête, même si je n'étais pas certaine de pouvoir respecter cet engagement.

Je l'ai regardé partir à la dérive, traversant le courant avec l'aisance d'un poisson, avant de se hisser sur ce qui ressemblait à une petite île isolée quelque part au loin. Mais en y regardant bien, c'était un gros rocher déchiqueté surplombant la mer.

C'est là que j'ai compris.

Et je suis à peu près sûre qu'il l'a compris au même moment.

Dès qu'il s'est retrouvé là-haut, à l'abri, on a tous les deux découvert, chacun depuis son poste d'observation, pourquoi cette femme souffrait autant depuis des siècles.

C'était une criminelle.

Une tueuse d'enfant.

Du moins, c'est ce que tout le monde disait.

Accusée à tort de ce que l'on pouvait considérer comme le pire crime susceptible d'être commis par un humain : celui d'avoir assassiné ses propres enfants.

Ses trois fils bien-aimés, pour être précis ; et j'ai tout de suite fait le rapprochement avec les Rayonnants, dont j'avais fait la connaissance quelques heures auparavant.

Seulement… elle était innocente. Elle n'avait absolument rien fait de mal.

Elle n'était qu'une pauvre mère devenue veuve,

se retrouvant seule avec trois garçons à charge, obligée de trouver du travail ici, au château, et suffisamment naïve et innocente pour confier à la mauvaise personne la garde de ses enfants en son absence.

Un garçon d'écurie qui avait promis de les emmener à une prétendue partie de pêche où, au lieu d'appâter une ligne, il les avait tous les trois noyés. Il avait pris soin d'effacer ses traces et de semer ce qu'il fallait d'indices pour que tout porte à croire que c'était elle, l'assassin. Puis il avait disparu de la circulation presque aussi vite qu'il était apparu, et s'était fait définitivement oublier.

Après avoir été jugée et condamnée à mort, elle a regardé le voile doré de lumière chatoyante qui conduisait au pont, elle l'a vu briller, osciller et lui faire signe d'approcher, ne lui offrant que réconfort, amour, compassion et pardon, autrement dit, tout ce dont elle avait été privée depuis longtemps. Mais au lieu de s'avancer, d'aller chercher l'apaisement que seule cette lumière pouvait lui procurer, elle lui a tourné le dos et a choisi de s'en éloigner. Elle était si écrasée par le poids de son chagrin, par une culpabilité insurmontable, si convaincue d'être en grande partie responsable – du fait de sa naïveté et de ne pas s'être occupée d'eux comme il aurait fallu – et de ne pas en avoir fait assez pour les protéger, qu'elle était retournée à l'endroit même où elle avait appris la nouvelle.

Celui où elle s'évertuait à les chercher, à attendre leur retour...

D'un coup, j'ai su exactement où on était.

On n'était pas vraiment dans sa tête, comme je l'avais cru au début ; ni confortablement installés dans un fauteuil au premier rang, à regarder les souvenirs qu'elle avait conservés dans son cœur dévasté.

Pas du tout.

Bodhi et moi nous trouvions dans la partie la plus obscure de son âme.

Un lieu qu'elle avait isolé du monde depuis longtemps. Dans lequel elle s'était emmurée. Une prison qu'elle s'était imposée à elle-même depuis des siècles.

Et maintenant, que ça nous plaise ou non, on l'avait rejointe.

On était enfermés avec elle.

Je n'ai rien pu faire, hormis regarder Bodhi s'arc-bouter face au mur, les bras écartés, la tête penchée en arrière et la bouche grande ouverte, tandis qu'il commençait à tout absorber.

Il était déterminé à engloutir le terrible chagrin qui avait condamné cette femme sur Terre depuis des centaines d'années, jusque dans ses moindres remords.

Déterminé à se l'approprier.

À le lui dérober et à se l'attribuer.

vingt et un

Le corps de Bodhi s'est contracté tandis que ses yeux se révulsaient vers le dessus de sa tête. Mais quand je me suis mise à nager vers lui, il m'a immédiatement barré la route. La paume tendue face à moi pour me mettre en garde, il m'a ordonné de rester où j'étais ; non sans me rappeler par télépathie la promesse que j'avais faite que, quoi qu'il arrive, je ne bougerais pas.

Cette mission particulière était la sienne, et mieux valait que je n'approche pas davantage et que je n'interfère d'aucune façon.

Alors, j'ai reculé et regardé son être tout entier continuer de se convulser, prenant alors conscience qu'il n'essayait pas vraiment de lutter, comme je l'avais d'abord pensé.

Il se battait, non pas contre le tsunami de douleur qu'il engloutissait, mais contre *elle*.

Contre son refus de s'en débarrasser.

Son refus de le lui céder.

De se décharger de son fardeau et de tourner la page.

On aurait dit qu'elle avait passé tellement de temps devant cette fenêtre, tant d'années à pleurer toutes les larmes de son corps inexistant, qu'elle en était arrivée au point de ne plus pouvoir se souvenir du reste.

Son chagrin avait fini par la définir.

Sans lui, elle avait peur de cesser d'exister, de disparaître pour de bon.

Elle n'avait pas conscience que sa disparation était justement la meilleure chose qui pouvait lui arriver.

Évidemment, l'ancienne part triste d'elle-même s'effacerait sans laisser de traces, mais cela dans l'unique but de permettre à l'autre part, plus gaie et meilleure, de se construire une nouvelle vie de l'autre côté du pont.

Je les ai regardés se battre, consciente que je n'avais pas le droit d'intervenir, que c'était interdit, que Bodhi ne me laisserait pas faire. Pour autant, rien ne m'empêchait d'*espérer*. J'ai imaginé la couleur de ce sentiment, visualisant un beau rose pétale lumineux, que j'ai transformé en une bulle scintillante géante dont j'ai enveloppé Bodhi, en tenant (presque) ma promesse.

J'avais hâte qu'on en finisse, qu'il trouve la force de la soulager, de mettre fin à sa peine, pour qu'elle soit enfin libre.

Et parallèlement, j'essayais de ne pas imaginer ce

qui lui arriverait une fois qu'il aurait englouti cette douleur.

Qu'est-ce qu'il en ferait ?

Serait-il obligé de prendre la place de cette femme près de la fenêtre, et de pleurer pendant les cent prochaines années ?

Ou pouvait-il trouver un moyen de transformer sa douleur ?

De la traiter comme on le fait avec les eaux usées, les déchets et tous les trucs répugnants. De la recycler de sorte qu'elle ne soit plus toxique, plus aussi destructrice au quotidien ?

Et le cas échéant, s'il réussissait à en faire quelque chose de positif, qu'adviendrait-il de moi ?

Est-ce que j'arriverais un jour à me sortir de cette mer sans fond ?

Ou est-ce que je serais contrainte de nager sur place dans ces eaux troubles pour le reste de l'éternité ?

Mon esprit avait beau être submergé par toutes ces réflexions, j'ai tenu ma promesse et suis restée à mon poste. Je me suis cramponnée à cette bulle rose, vibrante d'espoir, tandis que mes jambes remuaient sous la surface et que mes bras décrivaient des demi-cercles sur les côtés. J'ai regardé Bodhi qui continuait de se débattre comme un diable, embarqué dans une lutte opposant le cœur lourd et noir de cette femme à sa lumière.

Tremblant et frissonnant, il luttait pour consumer sa douleur, pendant que je me répétais tout bas, je ne sais combien de fois, que tout finirait bien. Que la lumière finissait toujours par l'emporter. Dans tous mes livres, mes films et mes émissions de télé préférés, ça se passait toujours comme ça.

Seulement, la situation présente était bien trop réelle.

Qu'on le veuille ou non, Bodhi et moi étions pris au piège ensemble, le sort de notre vie éternelle dépendant de l'issue de cette histoire.

J'ai fermé les yeux, terrassée de fatigue et ne voulant plus rien voir. Cependant, j'ai continué de m'accrocher, dans l'espoir que mon soutien lui soit au minimum utile et opportun.

Dans l'espoir qu'elle lâche prise, qu'elle renonce à sa peine et tourne la page.

Et dans celui que Bodhi reste confiant et fort et continue de se battre.

Et tout à coup, plus rien. Terminé.

Du moins, pour ma part.

Subitement, je me suis retrouvée sur la touche. De retour dans cette petite tour froide et humide, je voyais depuis les coulisses la robe de la femme blanchir, ses cheveux s'éclaircir, le rose lui revenir aux joues ; je la voyais redevenir celle qu'elle devait être avant que les ténèbres ne l'habitent.

Le plus incroyable, c'était le changement dans ses yeux.

De deux flaques noires huileuses, d'un puits sans fond de chagrin, ils sont passés à une mer d'huile bleue, calme et scintillante.

Lorsqu'elle m'a regardée, son sourire était si éclatant, si lumineux et rempli d'espoir qu'il l'a littéralement soulevée, comme un ballon d'hélium, puis emportée par la petite fenêtre, haut dans le ciel.

J'ai donné un petit coup de coude à Caramel qui était allongé près de moi. Il a écarté les pattes de ses yeux et s'est aussitôt précipité vers Bodhi, qui était recroquevillé dans un coin, les bras serrés autour de lui, débordant de souffrance et de chagrin à ne plus savoir qu'en faire.

Au premier coup d'œil, j'ai su que même s'il semblait être avec nous, il ne l'était pas encore vraiment. Dans son esprit, son âme, il était toujours sur cette île isolée, luttant contre les émotions qu'il avait acceptées de son plein gré, cherchant un moyen de les supporter, de les transformer afin de lui aussi pouvoir s'en libérer et repartir.

Je ne savais pas trop si j'étais censée le faire, si j'en avais le droit, et je me doutais qu'il y avait de grandes chances pour qu'il me passe un savon plus tard, mais je me suis approchée de lui tout doucement. Je me suis agenouillée en posant une main sur son bras, et me suis introduite dans son champ énergétique. Il y a longtemps, à l'époque où je traînais dans l'Été perpétuel, j'avais appris que tout était constitué d'énergie : notre corps, nos pensées… *tout.*

Autrement dit, nous sommes tous reliés.

Si on souhaite vraiment connaître une personne

ou, à certains égards, la réconforter, il nous suffit d'être attentif et à l'écoute.

Il n'en faut pas plus.

Bodhi s'est débattu, si longtemps que j'ai cru qu'il ne tiendrait pas le coup. Mais j'ai tenu ma promesse, et spectatrice de la bataille qui continuait de faire rage, je ne m'y suis pas immiscée. Je suis restée neutre pendant qu'il endurait tout le parcours émotionnel de cette femme, son angoisse quand ses fils ne sont pas revenus, son chagrin accablant quand elle a appris qu'ils ne reviendraient jamais, son indignation quand elle s'est retrouvée accusée, sa résignation face à un procès d'une telle injustice, jusqu'au jour où elle a lâché prise, ce qui correspondait en fait à la période où tout le monde semblait la lâcher, elle aussi. Elle avait beau savoir qu'elle n'était pas coupable de leurs morts, elle a quand même trouvé quelque chose à se reprocher ; quand même choisi de perpétuer son châtiment, bien après avoir été pendue. Ses fils continuaient de vivre sous le même toit qu'elle, s'amusant, siècle après siècle, à jouer de vilains tours, mais eux comme elle semblaient trop absorbés par leurs univers respectifs pour être conscients de la présence de l'autre.

– Elle est partie, j'ai chuchoté, convaincue de ce que j'avançais. Ils sont tous réunis à nouveau. C'est enfin terminé. Et c'est grâce à toi.

J'ai serré son bras, sursautant en le voyant cligner des yeux et s'agiter. Il a porté les mains à son visage et s'est frotté les paupières avant de me regarder du coin de l'œil.

– Ça va, toi ?

La gorge bien trop nouée pour me fier à ma voix, je me suis contentée de hocher la tête. Mais intérieurement, je me disais surtout : *et toi ?* Je savais qu'il pouvait m'entendre, aussi clairement que si j'avais posé la question à voix haute.

Il a étiré ses jambes devant lui, tendu le cou d'un côté puis de l'autre, fait le gros dos un instant, puis il s'est relevé. Tandis qu'il me tendait la main pour m'aider à me relever à mon tour, l'expression de son visage a changé du tout au tout.

– Je t'avais pourtant dit de ne pas intervenir.

Je me suis braquée, peinant à croire qu'il ose me dire ça.

– Je t'avais dit de ne pas t'en mêler. Mais évidemment, tu n'en as fait qu'à ta tête. Comme d'habitude. Tu as vraiment un gros problème quand il s'agit d'obéir.

Il a secoué la tête.

– Pour tout te dire, je ne sais pas trop quoi faire de toi, Riley. Je ne suis même pas sûr d'être le guide qu'il te faut. C'est vrai, quoi, il est évident que tu as un mal fou à me respecter, ne serait-ce qu'à essayer.

– J'ai… *quoi ?*

J'ai bafouillé, ne sachant pas par où commencer, tant les protestations se bousculaient dans ma tête.

– Non, mais tu plaisantes, j'espère ?

Je l'ai regardé d'un petit coup d'œil très bref, et j'ai su qu'il ne plaisantait pas, mais alors pas du tout.

– Je te signale que j'ai fait ce que tu m'avais demandé, et laisse-moi te dire que ça n'a pas été facile du tout. Qui a tenu le choc pendant que tu devenais tout bizarre, avec tes spasmes et tes yeux révulsés ? C'est moi ! Et pourtant, je ne savais absolument pas si tu allais t'en sortir, sans parler de ce qui allait peut-être advenir de moi dans ce cas. Malgré tout, je n'ai pas tenu compte de mes doutes, j'ai ravalé mes angoisses et continué de barboter, sans te donner le moindre coup de main. Ensuite, même après avoir été éjectée de la mare, après que tu as absorbé tout son chagrin et qu'elle est partie dans le ciel, je n'ai fait que te toucher le bras pour m'assurer que tu allais bien. C'est tout. Je le jure. Alors, je t'interdis de parler de moi comme ça ! Tu n'as pas le droit…

Il m'a dévisagée et coupée net.

– Tu vois ? C'est exactement de ce genre d'attitude qu'il s'agit. Regarde comment tu me parles ! Dis-moi un peu, Riley : tu étais aussi comme ça, de ton vivant ? C'est comme ça que tu t'adressais à tes parents, à tes profs ?

La bouche tordue et les mains sur les hanches, j'ai réfléchi, et bien.

– Ça m'arrivait, oui, j'ai finalement rétorqué. Et alors ?

Il s'est retourné, rajustant sa tenue et rentrant le pan de sa chemise dans son pantalon, tout en regardant fixement par la petite fenêtre carrée.

– En attendant, tu es bel et bien intervenue. Et maintenant, à cause de ça, je ne sais pas du tout si je vais obtenir le mérite qu'il me faut à tout prix pour lui faire franchir le pont.

Il s'est interrompu, secouant encore la tête et se pinçant l'arête du nez, rassemblant ses idées avant de relancer.

– Tu n'as pas idée de ce que tu as fait. Tu ne sais rien de la façon dont tout ça fonctionne. Tu fonces tête baissée, en croyant tout savoir et en t'obstinant à ne pas écouter.

Il s'est retourné vers moi, repoussant derrière son oreille une mèche mouillée qui le gênait.

– Je ne devrais sans doute pas te dire ça, parce que tu vas encore plus me manquer de respect, mais tu vois la Veuve ? Eh bien, c'était ma dernière chance. L'occasion ultime pour moi de me racheter et d'avancer. Mais maintenant que tu as mis ton grain de sel, alors que je t'avais pourtant demandé de ne pas bouger, je vais sûrement être rétrogradé, et encore, ça c'est dans le meilleur des cas…

– Mais justement, c'est ça que tu ne comprends pas : je ne suis pas intervenue ! ai-je répliqué en faisant des moulinets avec les bras, prête à tout pour qu'il me croie. C'est ce que j'essaie de te dire depuis le début, mais tu ne veux rien entendre. J'étais là, c'est vrai, on est d'accord sur ce point.

J'ai tout vu, toute la scène. OK. Mais c'est tout. Je n'ai fait qu'espérer et essayer de te soutenir. J'espérais que tu prendrais conscience de ta force intérieure. Que tu te battrais jusqu'au bout pour aider cette femme à partir vers une vie meilleure. C'est tout ! Je te le jure. Alors dis-moi, ô guide tout-puissant, depuis quand l'espoir est-il mal vu ? Depuis quand les gens se font-ils rétrograder pour cause d'espoir ? Non, mais sans rire, n'importe quoi !

J'ai secoué la tête et croisé les bras bien haut, une fois de plus déconcertée que ma poitrine ne gêne en rien leur position.

– Eh bien, si c'est comme ça que ça marche dans l'Ici et Maintenant, s'ils sont vraiment en pleine campagne anti-espoir, non merci ! Ce n'est pas demain la veille que je retournerai là-bas, même s'ils envoient plein de Passeurs d'âmes très malins à mes trousses. Et je ne laisserai pas Caramel repartir non plus. Je préfère encore qu'on reste ici et qu'on reprenne le rôle de fantômes de Warmington. Je n'aurais qu'à trouver un nouveau truc sympa pour faire peur aux gens, un truc qui ne soit pas du vu et revu, et ensuite…

J'ai poussé un soupir, essoufflée, puis mon regard a croisé celui de Bodhi.

– Tu me jures que tu n'es pas intervenue ? a-t-il insisté, manifestement disposé à me croire.

– Mais *oui* ! j'ai presque crié, comme pour être

sûre que cette fois il comprenne. Je te le jure sur ma tombe !

– OK, mais est-ce que tu es prête à le jurer sur ta chanson préférée de Kelly Clarkson ?

Il m'a zieutée, la tête penchée.

Je suis restée bête, curieuse de comprendre comment il pouvait savoir que j'avais tendance à saturer mon iPod de tous les albums de cette chanteuse. Et puis d'un coup, j'ai pigé. Il avait vu le film sur moi. Ça faisait partie de son travail de préparation avant qu'il n'accepte de se charger de moi. Il avait été contraint de visionner la saga minable de mon existence, une histoire tristement intitulée : *La (Courte) Vie (complètement gâchée et pathétique) de Riley : tout ce que vous avez toujours voulu savoir sur elle, de A à Z.*

– T'inquiète pas, c'était la version courte, a-t-il rectifié. Juste les moments-clés, une simple bande-annonce, c'est tout. Mais plus sérieusement… tu veux dire que j'ai vraiment réussi, que j'ai englouti son chagrin et l'ai guidée vers le pont… seul ?

– Eh oui.

J'ai hoché la tête, et, pour la première fois depuis que je le connaissais, j'ai vu un sourire éclairer son visage. La transformation était épatante, radicale.

– Comme je t'ai dit, tout ce que j'ai fait, c'était espérer. Ils ne peuvent quand même pas reprocher à quelqu'un d'avoir de l'espoir, si ?

Il m'a regardée, le sourire scotché aux lèvres.

– Sûrement pas.

Sur ce, il nous a conduits hors de la pièce, Caramel et moi, tout en jetant un œil derrière son dos.

– Alors, qu'est-ce que tu en dis ? Toujours partante pour un cours de pilotage ?

vingt-deux

Alors, voilà ! Même après que je suis devenue une pilote de l'air accomplie, Bodhi et moi avons dû gérer un léger petit problème, j'ai nommé : Caramel.

Vu qu'on ne parlait pas le langage des chiens et qu'on ne savait absolument pas comment s'y prendre pour lire dans ses pensées, disons pour faire court qu'on séchait complètement sur la façon dont on allait le faire décoller.

Comme pour tout dans mon monde, apprendre à voler se résumait à une chose : l'envie.

Tout marchait à l'envie.

Sans exception.

Autrement dit, pas besoin d'ailes.

(Cela dit, il se trouve que certains aiment tellement le look que ça leur donne qu'ils en portent quand même. D'après Bodhi, ça expliquerait comment est née toute cette histoire d'anges avec des ailes.)

Enfin bref, au final, le tout était de savoir à quel point on avait envie.

À quel point on se voyait déjà obtenir quelque chose ou y arriver.

Et à quel point on croyait pouvoir concrétiser cette envie.

C'était simple.

Super fastoche.

Il suffisait de savoir comment se projeter.

Et c'était justement la question : *un chien était-il capable de se projeter dans une idée ?*

Qui plus est, une idée qui lui était aussi étrangère que de voler ?

Et, tout aussi important sinon plus, pourquoi Caramel aurait-il eu envie de se prendre pour un oiseau voletant de branche en branche, alors que, clairement, il adorait être un chien ?

Remarquez, après mûre réflexion, je me suis souvenue que de plus en plus souvent je le surprenais en plein nirvana concocté par ses soins, entouré de piles de biscuits pour chien de sa marque préférée et roupillant au chaud dans un rond de lumière solitaire, qui lui était exclusivement réservé.

À cet instant, j'ai su exactement de quelle façon on allait réussir à le faire décoller.

Il fallait qu'on se débrouille pour lui *donner* envie de voler.

Pas le choix, sinon l'un de nous serait obligé de le porter jusqu'à Londres.

*

* *

On est descendus dans l'un des nombreux jardins du château de Warmington, après avoir décidé d'utiliser celui du labyrinthe et de l'enchevêtrement de roses comme piste de décollage. Toutefois, Bodhi était prévenu : si je ratais mon envol et me retrouvais emberlificotée dans ces rosiers épineux, il n'avait pas fini de m'entendre.

Ça l'avait fait rire, de ce rire bon enfant particulièrement cristallin qu'il avait bien contenu jusqu'à présent, mais qu'il semblait utiliser volontiers depuis qu'il avait libéré la Veuve.

J'imagine que c'était sa peur d'échouer, d'être éventuellement rétrogradé et tout qui le rendait aussi bougon et sérieux. Mais maintenant qu'il m'avait tout expliqué, au fond, je le comprenais.

Ce n'était pas sa première confrontation avec elle.

Il était déjà venu ici.

Il était venu accompagné de son guide, qu'il refusait toujours de nommer ou de me décrire d'ailleurs, mais qu'un jour, promis, j'aurais *peut-être* l'occasion de rencontrer (bien souligné, le « peut-être »), *si et quand* (là encore, gros point d'interrogation) il trouvait que je l'avais mérité. En revanche, il était incapable de me donner des détails sur la façon dont je devais m'y prendre pour le mériter.

En tout cas, d'après ce qu'il m'a raconté, la première fois qu'il a approché cette femme, au premier coup d'œil dans ces horribles précipices qui lui servaient d'yeux, il était reparti au triple galop dans les escaliers, le couloir, les autres escaliers, blablabli blablablo, jusqu'à ce qu'il finisse dans le jardin, pâle comme un linge et crevant d'envie de sauver sa peau (oui, oui, même s'il était déjà mort).

La seconde fois, il savait qu'une nouvelle réaction de ce genre était exclue, surtout s'il voulait « retrouver sa lumière » (encore une formule qu'il a bien soulignée, mais qu'il a refusé tout net de m'expliquer, en dépit de mon insistance). Donc, quand elle s'est retournée et qu'elle a posé les yeux sur lui, il n'a pas fait marche arrière, même si ce n'était pas l'envie qui lui manquait.

Il n'a pas non plus hurlé ni pris ses jambes à son cou.

Non, il s'est lancé tête baissée, bien décidé à engloutir le chagrin de la femme et à faire ses preuves.

Mais dès qu'il a commencé, il a été tellement accablé par l'immensité de ce désespoir qu'il le lui a aussitôt renvoyé en plein visage, l'a regardé dégouliner et lui coller à la peau jusqu'à ce qu'elle finisse par le reprendre.

Juste après, il a été reconduit tambour battant jusqu'à Ici et Maintenant, où on lui a vivement conseillé de s'inscrire à des cours avancés de tolérance et de compassion, et où il a finalement assez mûri et appris pour grimper d'un échelon et passer au niveau supérieur. C'est là qu'on lui a conseillé d'accepter la tâche pas si simple de former une fille de douze ans légèrement rebelle, râleuse, rusée et casse-cou (ce n'est pas moi qui le dis), dont l'existence venait d'être brutalement abrégée.

Ensuite, à condition qu'il fasse du bon boulot avec moi, ils lui ont laissé entendre qu'ils l'autoriseraient, peut-être, à jouer le troisième et dernier round du match Bodhi contre la Veuve.

Tout ça pour dire qu'au départ, on n'était même pas censés aller à Warmington.

Apparemment, un autre fantôme était déjà tout trouvé pour moi, et plus ou moins prêt à ce que je le convainque de franchir le pont.

Seulement, comme Bodhi l'a précisé, dès qu'il m'a vue, que je l'ai toisé et taxé de ringard, il a su que je serais capable de régir le Rayonnant – et même trois, en l'occurrence.

Si en fin de compte j'échouais, il estimait que ce serait l'occasion idéale pour moi de manger mon chapeau bien comme il faut, ce dont j'avais grandement besoin, prétendait-il.

Donc, c'est vrai que nous étions plutôt contents de nous. Et il y avait de quoi, non ?

On venait d'accomplir ce dont nos responsables, à savoir les membres du Conseil, nous estimaient pratiquement incapables.

On avait tous les deux réussi avec brio, là où tout un tas de personnes avaient échoué.

Il ne nous restait qu'un dernier impératif d'une simplicité trompeuse, consistant à faire décoller mon adorable labrador, pour qu'on puisse aller fêter notre succès mutuel à Londres.

Le problème avec Caramel, c'est qu'il avait beau être chou, gentil et bien dressé, c'était un peu une mauviette (preuve en est la façon dont il avait détalé face au Rayonnant, me laissant me défendre toute seule).

Sans parler du fait qu'il était un peu fainéant sur les bords.

Car quand Bodhi a eu l'idée (que j'ai trouvée géniale sur le moment) de lancer très haut une de ses friandises préférées pour le pousser à l'attraper en plein vol, Caramel s'est contenté de se lécher les babines, de fermer les yeux et de faire apparaître sa propre pile de biscuits, sans bouger d'un pouce !

Alors, après que j'ai effectué plusieurs essais, voltigeant au-dessus du jardin et traversant le labyrinthe comme une flèche, les cheveux au vent et du vent dans les joues, pendant que Caramel me courait après sur la terre ferme en aboyant et en remuant la queue comme un dingue, j'ai pris conscience d'une autre chose à son sujet.

C'était un chien domestiqué.

Un authentique animal de compagnie.

Et il détestait plus que tout au monde qu'on le laisse seul trop longtemps.

Du coup, j'ai crié à Bodhi de me rejoindre, insistant pour qu'il vole à ma hauteur en mettant directement le cap sur Londres, sans un regard en arrière ; et pour qu'il joue le jeu à fond, de façon que Caramel pense qu'on comptait ne jamais revenir. Bodhi a tout de suite marché.

Nous partions du principe qu'il n'y avait qu'un moyen de le faire participer au voyage, c'était de le faire voler avec nous.

Aucun autre mode de transport ne serait accepté.

Alors, on a décollé.

On a tous les deux pris un bon élan (pas indispensable, mais juste pour le plaisir).

On a volé côte à côte, en s'efforçant au maximum de ne pas regarder Caramel qui nous courait après, persuadé que c'était une sorte de jeu.

Nous étions fermement résolus à ne pas nous arrêter, à ne pas regarder une seule fois en arrière, même après avoir survolé le vaste mur d'enceinte qui, pour une raison étrange, a stoppé net mon pauvre Caramel. Mais au bout d'un certain temps, comme moi face aux trois frères dans leurs pires moments, il s'est rendu compte que la peur était uniquement dans sa tête et a traversé cet énième obstacle au galop.

On était déterminés à ne surtout pas lui céder, malgré ses glapissements à vous fendre le cœur et ses hurlements à la mort non-stop. Il continuait de nous courir après, persuadé d'être victime d'un cruel coup du sort, abandonné pour de bon sur la terre ferme.

On attendait, on espérait même, que l'*envie* se manifeste enfin, assez pour le propulser comme par magie jusqu'à nous.

Au moment où je pensais être à deux doigts de craquer, de rompre ma propre promesse et de redescendre à tout berzingue vers mon pauvre chien affolé pour le ramasser en vitesse…

Il est arrivé, les oreilles collées aux bajoues et la queue frétillant dans tous les sens. Ça lui a d'ailleurs valu une série de descentes en piqué, d'embardées et de loopings qui m'ont franchement fait mal au cœur. Il a fini par piger le truc, trouver ses repères et s'en servir comme d'un gouvernail lui permettant de se diriger et de maintenir le cap. Complètement pris au jeu, il s'est mis à voler comme s'il avait fait ça toute sa vie.

Je ne pouvais pas écouter secrètement ses pensées ni dire avec certitude ce qu'il se passait dans sa tête, mais rien qu'à voir sa frimousse, je savais qu'il savourait chaque instant.

Encore plus qu'une sieste au soleil, qu'un bol rempli de biscuits ou qu'une longue balade en voiture toutes fenêtres ouvertes.

Plus que tout ça réuni.

Caramel avait trouvé un nouveau passe-temps. Et il y prenait goût avec autant de naturel et de grâce qu'un oiseau.

vingt-trois

On a traversé des nuages blancs floconneux chargés de brume.

Survolé des cimes enneigées, des édifices, des rivières et des lacs.

Doublé des volées d'oiseaux que Caramel a poursuivis et contre lesquels il a aboyé, bien décidé à en attraper un et à le ramener fièrement tel un trophée, comme il le faisait souvent de son vivant. Chaque fois, il nous regardait, Bodhi et moi, l'air complètement interloqué : au lieu d'en capturer un, il passait droit au travers.

Quand on est arrivés à Londres, je l'ai tout de suite su.

Bodhi n'a pas eu besoin de me prévenir ni de dire quoi que ce soit.

Il m'a suffi de jeter un œil au large fleuve sinueux parsemé de ponts et de bateaux et bordé de hauts bâtiments, pour reconnaître les lieux sans me tromper.

La Tamise, le pont de Westminster, le Parlement, on voyait tout de là-haut. On a même rasé de près la plus haute nacelle de « l'œil de Londres » – ce qui, pour ceux qui l'ignorent, est la grande roue la plus cool de la planète. On a ensuite suivi sa trajectoire avec précaution, descendant en piqué puis remontant comme des flèches à ses côtés, tandis qu'elle tournait en boucle dans le ciel.

Après quoi, on a sillonné les rues, au-dessus des bus rouges à deux étages qui font la notoriété de Londres. Et le long de fenêtres d'immeubles ou d'« apparts » (comme disent les gens du coin) garnies de jolis rideaux.

Ensuite, nous avons piqué encore plus bas, effleurant le sommet de grands arbres, puis plus bas encore, effleurant cette fois la tête des grandes personnes.

Quand, du bout des doigts, j'ai tapoté le bord du chapeau d'un type et l'ai délogé de sa tête perplexe, Bodhi s'est tourné vers moi d'un air désapprobateur et pincé. Peu importe, j'ai ri, je lui ai tiré la langue, et puis j'ai recommencé juste pour le taquiner.

On a continué vers une place animée que j'ai cru reconnaître, d'après des photos que j'avais vues de Piccadilly. C'est là que je les ai remarqués.

Les gens.

Ou plutôt, la foule.

Une foule innombrable de gens.

Tous partaient en hâte au bureau, à l'école, ou quel que soit l'endroit où l'on se dépêche d'aller après avoir pris le petit déjeuner et s'être habillé pour la journée.

Tous avaient en commun d'être en route pour quelque part, et ils comptaient bien y arriver au plus vite.

Des centaines de personnes qui savaient toutes où aller, et pas une seule pour remarquer ma présence.

Pour deviner que j'étais juste au-dessus d'elles.

Que j'étais à l'origine de cette sensation dans leurs cous et de ce souffle sur leurs joues.

Aucune n'était capable de me voir telle que moi je les voyais.

Avec clarté.

Concision.

Jusque dans les moindres détails.

Ces personnes étaient en vie, en chair et en os et parfaitement distinctes à mes yeux, mais à l'inverse, pas une seule ne se doutait de notre existence.

Pas une n'imaginait qu'une fille, son guide et son chien planaient juste au-dessus de leurs têtes.

Observant les masses innocentes en contrebas.

Un gros nœud m'a serré la gorge et mes yeux ont recommencé à me piquer, alors je me suis forcée à reporter mon attention ailleurs, à regarder Caramel qui continuait de pourchasser les oiseaux en enchaînant les loopings, les pirouettes et les bonds, déployant tous ses efforts sans résultat, et à des années-lumière de comprendre pourquoi il était aussi inefficace.

J'ai même jeté un coup d'œil furtif à Bodhi, qui avait laissé tomber sa tenue de premier de la classe dès le décollage. Il m'expliqua qu'il s'était dit qu'un look soigné imposerait davantage le respect, pousserait les gens (c'est-à-dire moi et son guide) à le prendre au sérieux plus que ses vêtements habituels. Je crois qu'on était tous les deux d'accord pour dire que question expériences, celle-ci était particulièrement ratée.

Maintenant qu'il avait troqué son costume de ringard contre l'ensemble jean-pull-baskets bien plus approprié que portent habituellement les garçons de son âge, pour autant que l'on puisse en juger, il n'avait plus rien d'un ringard. Je suppose que c'est pour ça qu'il me semblait si décalé auparavant. Des sifflets qui l'ont accompagné sur scène lors de la cérémonie à cette façon indolente qu'il avait de se tenir, sans parler du fait qu'il assurait comme un dieu en skateboard, au fond, rien de tout ça ne collait avec le genre qu'il essayait de se donner. On aurait dit qu'avant il avait porté un masque, un déguisement, cherchant coûte que coûte à camoufler le fait qu'il ressemblait à n'importe quel ado de quatorze ans.

Oui, mais Bodhi n'était pas n'importe qui.

Loin de là.

Un, parce qu'il était mort. Deux, parce qu'il était mon guide. Et trois, parce que avec ses cheveux enfin coiffés normalement, ses vêtements sortis d'ailleurs que de la fabrique à ploucs, et son visage dégagé, débarrassé de ses affreuses montures incassables, il était en fait assez mignon.

Non. Oubliez ça. En vérité, il était bien plus que mignon.

C'était un peu le Zac Efron de l'Au-delà.

Cela dit, dès qu'il m'a vue, qu'il m'a surprise en train de le lorgner, j'ai détourné les yeux.

Ce n'était vraiment pas le moment qu'il lise dans mes pensées !

Et histoire de me protéger un peu plus, de m'assurer que les choses restent claires, en ordre et bien à leur place, j'ai décrété par la même occasion que même s'il continuait de se révéler mignon et sympa, pour moi il resterait toujours, du moins en mon for intérieur, le ringard de service.

C'était beaucoup plus facile comme ça.

J'ai serré les jambes et pointé les orteils comme une ballerine, ayant appris récemment que cette position m'épargnerait toute résistance face au vent, et me permettrait de m'élever encore plus vite et plus haut. Caramel a aboyé derrière mon dos, partagé entre l'envie de me suivre, moi, ou la nouvelle volée d'oiseaux qu'il venait de croiser, et Bodhi m'a gentiment provoquée :

– Quand tu veux pour l'atterrissage, Riley ! Préviens-moi quand tu seras prête !

Mais j'ai fait semblant de ne pas les entendre.

Au fond, je n'avais plus de raison d'atterrir.

Subitement, je prenais conscience de quelque chose qui m'avait complètement échappé jusqu'ici.

La Terre continuait de tourner.

Les gens continuaient d'aimer, de rire et de vivre.

Tout le monde continuait de s'affairer à son quotidien.

Et personne ne devinait ma présence.

Personne n'imaginait que j'étais toujours parmi eux.

Il était grand temps de regarder les choses en face : même ceux qui m'avaient connue, mes amis, mes profs et les autres, étaient déjà passés à autre chose. Ils avaient oublié mon existence et repris la leur, après n'avoir gardé de moi que le petit souvenir bien rangé d'une pauvre fille malchanceuse, dont la vie avait été brusquement abrégée à l'âge de douze ans. Ils ne voulaient pas s'appesantir sur ma disparition plus longtemps que nécessaire, de peur que ça ne les fasse méditer sur le raccourcissement inexorable de leurs propres existences.

Je savais que je manquais à Ever ainsi qu'à ma tante Sabine, mais en ce qui concerne les autres, le nombre de personnes qui continuaient, ne serait-ce que de penser à moi à de rares occasions, se comptait sur les doigts d'une main.

En sentant les horribles picotements qui menaçaient sous mes paupières, j'ai fermé les yeux très fort et pris le temps de dresser rapidement la liste des bonnes raisons que j'avais de n'avoir absolument aucune excuse valable pour pleurer :

1. Je me sentais plus vivante que jamais, même si pour l'heure j'étais apparemment transparente.

2. J'avais accompli ma mission, Bodhi la sienne, et à nous deux, on avait véritablement aidé nos semblables et contribué à une bonne action.

3. Je volais ! Je découvrais une partie du globe que j'avais toujours rêvé de visiter, et le comble, c'est que juste à côté de moi, mon chien naviguait comme un fou entre les nuages !

4. Mon guide se révélait loin d'être un gros ringard, ce dont je l'avais taxé au départ, ce qui signifiait aussi que ce ne serait peut-être pas si horrible de faire équipe avec lui à l'avenir. Sans compter que je venais peut-être de recevoir une bonne leçon sur le fait de juger les gens uniquement sur leur apparence.

Ou peut-être pas.

Ce dernier point restait à voir.

Et alors que je me faisais ces réflexions, les yeux toujours bien fermés, m'empêchant de voir quoi que ce soit, Bodhi a fondu sur moi en hurlant :

– Riley… fais gaffe !

J'ai rouvert brusquement les yeux, tout ça pour découvrir que je fonçais tête la première vers un immense bâtiment en verre, du genre de ceux qui reflètent tout ce qui les entoure.

J'ai flippé.

Pas de peur, puisque je savais que je ne courais aucun danger ; si je n'arrivais pas à m'arrêter ou à ralentir, j'allais simplement le traverser de part en part.

Non, en vérité, je me suis fait peur toute seule.

À cause de mon reflet dans l'immeuble.

De la façon dont mon corps entier rayonnait, comme jamais auparavant.

Comme la pom-pom girl.

Comme Bodhi et tous ceux que j'avais vus monter sur scène.

Mon éclat était loin d'être aussi vif que le leur, mais quand même…

Je brillais.

C'était indéniable.

J'ai viré à droite à la dernière minute, évitant de justesse de fracasser ma propre image en passant à travers, avant de piquer et d'effectuer un gros demi-tour en looping et de me confronter de nouveau à moi-même.

De voir tout ça exposé devant moi, clair comme le jour.

Mon petit corps tout mince, ma poitrine plate, presque creuse, mes cheveux blonds, raides et ternes, et cette frange qui tombait dans mes yeux bleu foncé, encadrant l'arête de ce qui se révélait incontestablement, au bout de la pente, un nez plus ou moins en trompette. En revanche, mes joues étaient gonflées et rougies par le large sourire tout en dents qui parcourait mon visage, tandis que je continuais de contempler le pâle éclat tirant sur le vert qui chatoyait et vacillait tout autour de moi.

– Tu as vu ça ? a lancé Bodhi en s'approchant.

Il souriait presque autant que moi.

J'ai hoché la tête, d'abord incapable de parler, tellement j'étais frappée par mon apparence. J'ai dû m'éclaircir la voix plusieurs fois, avant de réussir à prononcer trois mots :

– Oui, je vois. Mais qu'est-ce que ça signifie ?

Je l'ai zieuté vite fait, avant de reporter mon regard sur cette nouvelle image éblouissante de moi-même.

– Ça signifie que tu as trouvé ta propre lumière.

Il m'a souri, flottant dans le vide à côté de moi.

– Désormais, tu es sur la bonne voie.

vingt-quatre

À l'origine, j'aurais bien aimé faire escale en ville, peut-être même trouver quelques souvenirs à rapporter à ma famille (avec le recul, je ne vois pas comment j'aurais géré ça d'un point de vue logistique, mais sur le coup, ça me semblait une bonne idée). Seulement, après avoir vu mon reflet, j'ai écouté Bodhi m'expliquer qu'il existait plusieurs paliers dans l'Ici et Maintenant ; qu'à chaque fois c'est toujours mieux qu'avant, que mon nouveau halo vert clair signifiait que je faisais officiellement partie de l'équipe du palier 1.5 ; et que si je continuais à faire du bon boulot, je dépasserais ce palier en un rien de temps et me mettrais à rayonner de diverses couleurs, chacune représentant une sphère toujours plus haute. Et à la fin de ses explications, l'envie m'en avait passé.

Londres était une ville animée.

Trop pour moi.

Et pour être honnête, j'avais fini par me lasser un peu de ma vie d'espionne.

De cette vie par procuration parmi les vivants.

Surtout maintenant que j'étais enfin au courant de l'ironie de la chose : mon existence n'allait faire que s'enrichir de plus en plus, même si pour tous ceux en bas j'étais morte et enterrée.

Mais surtout, pour la première fois depuis longtemps, j'avais une place importante à occuper.

Pour la première fois, je ne ressentais pas le besoin d'exister à travers les expériences des autres. Au contraire ! Il était plus que temps que je commence à vivre les miennes.

– Allons-y, j'ai dit.

Au début, cette décision m'a un peu troublée ; mais très vite, l'impatience et l'excitation ont pris le dessus. Je savais que je reviendrais sur Terre, et à mon avis, plus tôt que prévu, vu le nombre de fantômes qu'il me restait à rapatrier, mais pour l'instant, j'avais juste envie de célébrer ma victoire dans le seul endroit où je me sentais vraiment à ma place.

– Rentrons chez nous.

Le sourire aux lèvres, je me suis élancée en devinant instinctivement le chemin.

De temps en temps, je regardais en contrebas tout en traversant un nuage, consciente que, comme tous ces gens qui couraient çà et là sur Terre, j'étais moi aussi attendue quelque part.

Composition PCA
44400 – Rezé

Impression réalisée par
Corlet Imprimeur - 14110 Condé-sur-Noireau
pour le compte des Éditions Michel Lafon

Imprimé en France

Dépôt légal : janvier 2011
N° d'imprimeur : 134367
ISBN : 978-2-7499-1350-6
LAF 1341 A